JN319085

妄想男子のイケナイ愉しみ

Matsuri Kouduki
高月まつり

CHARADE BUNKO

Illustration

兼守美行

CONTENTS

妄想男子のイケナイ愉しみ ———————— 7

あとがき ———————————————— 221

本作品の内容はすべてフィクションです。
実在の人物、団体、事件などにはいっさい関係ありません。

空想と妄想の違いを電子辞書で調べてみたら、自分が頭の中でこねくり回しているものがどっちなのかわからなくなった。自分としてはできれば空想であってほしいが、どうやらこれは妄想の類のようだ。何せ俺は頭の中で、目の前に座っている同級生に対して、口では言えないとんでもないことをしているからだ。

ショートホームルームが終わった教室の中。もう部活をするために急《せ》くこともなく、だらだらと筆記用具をサブバッグに収める。

永塚陽登《ながつかはると》はいつものように、教室の窓側の一番後ろの席にだらしなく座り、自分の前に座っている同級生の背をじっと見つめた。

夏服の先月までは、もっとこう……体のラインが見えていたのに、衣替えの季節を迎えた途端《とたん》に、この同級生はカーディガンを羽織ってきた。憎たらしい。憎らしいから妄想の中で脱がしてやる。

柔らかな茶色い癖っ毛を両手で掻《か》き回して「キスしろよ」とねだれば、こいつは嬉しそうに目を細めて唇を押しつけてくる。アー……ちくしょう、キスなんてしたことないから唇の感触はわかんないけど、たぶん、絶対に柔らかい。いや、柔らかくあってくれ！　だって、こいつがリップクリーム塗ってるところを何度も見てるんだ。柔らかくなくてどうする！

チュウチュウとキスをしながら互いの服をゆっくりと脱がして……と真顔で妄想していたら、妄想相手がくるりと振り返った。

「なあ永塚、一緒に帰ろ？　ついでにゲーセンかカラオケに寄ろ？」

柔らかな茶色い髪をふわりと揺らし、笑顔で小首を傾げる。百九十近い長身のくせに、こんな仕草が似合うのは、この男の外見がいいからだ。しかも、そこらへんにいるようなイケメンとは違う。街を歩けば芸能事務所のスカウトに捕まり、知らない女子から「キャーキャー」言われて勝手に写真を撮られる。ファンクラブは校内に止《とど》まらず、いくつも存在しすでにいっぱしの芸能人のように騒がれていた。いっそ芸能界に入ればいいものを、「面倒臭そうだし」と言ってスカウトを片っ端から断っている。

冗談のようにキラキラしているこの同級生は瑞原《みずはら》涼司《りょうじ》と言う。

妄想では「涼司」と呼び捨てにしているが、現実で名前呼びはしていない。そんなこと恥ずかしくて、永塚にはできなかった。

「俺は一般受験組だから、暇なんてねえよ」

「たまには息抜きをするとか」

「こないだもそう言ったよな？　お前」

「うん。何かね、俺はちょっと寂《さび》しいんです」

「あー……？　ああ、そっか」

瑞原はスポーツ推薦枠で、一般入試組よりも早く大学合格が確定している。

受験勉強をしなくていいのは羨《うらや》ましいが、体が資本の推薦枠では故障したときが怖い。だがこの男は、そんなものは自分とは無縁とばかりに、笑顔で永塚に勉強を休めと言う。

「息抜きがだめならさ、勉強、わからないところがあれば俺が教えてあげるけど？」

「俺よりバカなヤツが何を教えるって？　お前から顔と運動神経を取ったら何も残らねえだろうが」

「愛想《あいそ》がまだ残ってるし。俺、対人関係で揉めたことないし」

酷いなあと言いつつも言い返してくる男に、永塚は小さく笑って見せた。

「そういやお前は世渡り上手だった。きっと大学でも何でもそつなくこなして、就職で困ることもなくいいところに入って、そんで美人の奥さんと結婚して、結婚式のスピーチは俺じゃなく利休《りきゅう》に頼むんだ」

「え？　俺は永塚に頼むつもりだけど？　だって、小学校からずっと同じクラスでさ、こういうのって幼馴染みとか言うんだろ？　その幼馴染みにスピーチを頼まなくて誰に頼むんだよ。利休じゃだめじゃん」

「なんのことかわからないが俺に用事か？　お前ら」

利休こと邑野千利《むらのせんり》が話に入ってきた。

ともすれば野暮《やぼ》ったい黒縁眼鏡がお洒落《しゃれ》に見えるのは、彼が長身で顔が整っているからだ。

インターハイで引退したが、それまで彼は陸上部の主将だった。

彼は両手に参考書を持って永塚たちに近づく。

「いや別に。会話の途中でたまたま出ただけ」

「そうか」

邑野は自分の席に参考書を置くと、サブバッグの中に詰めていく。

「利休も帰って勉強？」

瑞原は邑野の背中に声を掛けた。

「そのつもりだが……」

そのとき、教室のドアを開けて女子の集団がなだれ込んできた。みな頬を染めている。唇がテカテカしているのはリップクリームを塗っているからだろう。

彼女たちの勢いが、フローラルなフレグランスと一緒にその場の雰囲気を侵食していく。

「瑞原先輩！　あの！　私たちと一緒にカラオケに行きませんか？　割り引きチケットがあるんです！」

代表して大声を出した女子は、男子バスケ部のマネージャーの一人だ。月曜集会の檀上でインターハイでの成績報告をしたので覚えている。

「ありがとう。でもごめんね。俺は永塚たちとカラオケに行く約束をしてるから、また今度ね？」

笑顔で答え、こっちに「ね？」と同意を求める瑞原に、永塚は反論しようとしたが邑野が眼鏡をかけ直しながら頷《うなず》く。

「そうなんですか。だったらみなさん一緒にどうですか？　それとも、私たちと行くのはいやですか？」

バスケ部のマネージャーはしょんぼりとした顔を見せ、こちらの罪悪感を煽《あお》ってくる。一般的に見たら可愛《かわい》い顔が、これでもかとしょんぼりしている。普通の男なら鼻の下を伸ばして「じゃあ一緒に行こうか」と言うところだが、悪いが俺の心の琴線《きんせん》に触れるのは瑞原なので、罪悪感などこれっぽっちもない。むしろウザイ。

瑞原は少し困った顔を向けてきた。

何だ可愛いな。そこいらの女子より可愛い顔してこっちを向くな。今は妄想に耽《ふけ》ることはできないんだぞ。勿体《もったい》ないから普通の顔をしろ。

永塚が心の中でそんなことを思っていると、今度は教室後部のドアを開けて一人の女子生徒が入ってきた。

「ミス城誠高校《じょうせい》」の初瀬倉明理《はせくらあかり》だ。常に冷静沈着なクールビューティーは、肩までの艶《つや》やかな髪をさり気なく掻き上げて、「カラオケに行きたい……」とハスキーな声で言った。

「だったら俺たちと行くか？　初瀬倉。たまには息抜きが必要だ」

邑野が、どこかで聞いたことのある台詞《せりふ》を言うと、初瀬倉は真顔で「是非《ぜひ》」と頷く。

するとと途端《とたん》に、二年女子の様子が変わった。

彼女たちは互いに目配せし合うと「ではまた今度！」と強ばった笑みを浮かべて三年の教室から出て行った。

「……初瀬倉が怖い顔で入ってくるから、下級生ちゃんたちが逃げちゃったよ。男バスのマネちゃんを女バスで苛《いじ》めてんの？」

明らかに安堵《あんど》した表情で瑞原が言う。

「失敬な。うちの女バスは、あんなチャラチャラした女子を構ったりしない」

「チャラくてもうちの大事なマネちゃんですー」

「そう」

可愛く唇を尖《とが》らせる瑞原に、初瀬倉は真顔で返事をした。

「よし。じゃあ、この四人でカラオケだ。……まあ、何というかいつものメンバーだな」

邑野が勝手に話を決めて、サブバッグを肩にかける。

「俺の意見は無視かよ。受験勉強したいんだけど」

「それに関しては俺と初瀬倉で教えてやれるが、どうする？」

邑野と初瀬倉は一緒に振り返って、「任せろ」と拳《こぶし》で自分の胸を軽く叩いた。その仕草が妙に恰好《かっこう》良くて、永塚は笑いながら「じゃあ、頼むわ」と言った。

「いいじゃん、そんなの。俺は高校生らしく友だちと遊んで思い出を作りたいんですよー」

永塚と邑野は、毎度のことながら感心した。

瑞原と初瀬倉の美男美女が揃っていると、道行く人は逆に臆《おく》するようだ。

「初瀬倉にもだ」

「瑞原にスカウトの声が掛からない」


「そうだな。小学校から高校までずっと一緒だったお前らも、大学は別々だもんな。いいぞ、思う存分思い出を作っていけ。俺たちは応援する」

「私もだ。友人の少ない私といつも一緒に遊んでくれてありがとう。楽しかった」

邑野はともかく、初瀬倉は完結させていたので、永塚は慌《あわ》てて「まだ続いてるから」と突っ込みを入れて笑う。

「そうだねえ、初瀬倉は友だちが少ないというより、みんな信者か下僕になっちゃうんだよねえ。そこらへんは、永塚と似てる」

瑞原の言葉に永塚は目をまん丸にした。

「何を言ってるんだお前」

「だってさ、永塚がバーを跳び越えるときの姿勢は凄く綺麗《きれい》で、滞空時間が長くて羽が生えてるみたいに見えるんだ。アレを見せられたら、みんなファンになっちゃうよなあ？　怖い顔しててても後輩の面倒見がいいし。うちの部にもそういう話は流れてくるし。利休ならわかってくれるよなあ？　陸上部の主将だし」

瑞原の言葉に邑野は頷く。

「そうだな。永塚が跳んでるところを見るのは、気持ちいい。見ているこっちが清々《すがすが》しい気分になる」

「ね！　走り高跳びなのに、なんであそこまで跳べるんだろうって思うよ。永塚って実は羽が生えてるとか？　ヤバイな天使か？」

無邪気な子供のように自分を褒《ほ》める瑞原を見ていて、永塚はカラオケになど行かずにまっすぐ家に帰りたくなった。

ドアに鍵をかけて自分の部屋に籠《こ》もって、瑞原と自分のアレやこれやを妄想できるだけ妄想して、いろんな意味でスッキリしたかった。

何なんだよこいつ、こんな風に俺を褒めるの初めてじゃないか？　しかも何で路上でそれを言う！　もっとこう……ＴＰＯを考えろよ！　俺がうっとり妄想できる場所で言ってくれ！　それなら許す！

複雑な気持ちを思う存分こじらせながら、永塚は「キモイ」と言って瑞原の背を強く叩く。

「あだっ！　痛いよ永塚〜。天使じゃなくて鬼。顔が怖い」

「お前がキモイからだ！　あと俺の顔は……そんなに怖いのか？」

「怖いんじゃなく男前。きりっとしてて恰好いいと思う。背だって私より九センチも高いし。あ、目は猫っぽくて可愛いって、隣のクラスの女子が言ってるのを聞いたことがある」

美人にしてモデル体型でもある初瀬倉の身長は百七十ある。

彼女は「目が可愛いって」とくり返し、永塚の肩を力強く叩いた。頑張れという意味のようだ。

「いや別に、今更彼女はいらない」

「卒業するまでまだ時間があるんだから、彼女の一人でも……」

「人のことを言う前に、初瀬倉も彼氏を作れば？」

「私は努力している」

「そうか」

真顔で胸を張る初瀬倉に、永塚は頷くしかなかった。

「だったら俺が永塚の彼氏になる。卒業式まで仲良くしてねー？」

瑞原が笑いながら永塚と肩を組む。凄く嬉しい。とんでもなく嬉しい。好きな相手が自分に対してアクションを起こしてくれるのはラッキースケベと同じだ。

しかしそれと同じくらい、ストレートって罪深いとも思う。この天然がと罵《ののし》りたくなる。イケメン爆《は》ぜろと呪いたくなる。同性といやらしいことをしようなんて、これっぽっちも思ってないくせに。

「お前、面倒臭いしバカだからやだよ」

「何それ酷い」

「それに、卒業まで付き合ったら、俺は振られるのかよ」

「そこまで考えてなかった！」

「卒業までまだ何ヶ月もあるんだから、受験が終わったからってのんびりしてないで勉強しろよ。頭を使え」

「はーい」

そう言って肩を叩くと、瑞原はわざとらしく「痛い」って言う。スポーツ推薦で大学に行くヤツの肩を本気で叩くわけがない。永塚は笑顔で「悪かったな」と言った。


「何時間にする？」

邑野が受付で自分の名前と利用人数を記入しながら尋《たず》ねる。

何時間でもという瑞原に「おい」と突っ込みを入れていたら、突然背中に衝撃が走った。

「みんな酷いよ。俺を抜かしてカラオケなんて……」

情けない声を出した一人の青年が、永塚に抱きつく。

「仁瓶《にへい》、重い」

「俺は永塚より軽いですー」

仁瓶拓己《たくみ》は笑いながら永塚から離れた。永塚たちと一緒に部活を引退した、四百メートルリレーの選手で、今年のインターハイで全国二位という輝かしい成績の立役者となった。

彼がトラックを走ると女子から歓声が上がるという爆ぜるべきイケメンの一人だが、中一で付き合い始めた彼女と六年も続いている、意外と誠実な男だ。そして、スポーツ推薦どころか、いくつもの大学から「是非に」とスカウトが来て、その中の一番条件がいいところに進学が決まっている。

「お前、彼女とデートだって、さっさと帰ったじゃないか」

「女同士の友情を優先することになったと連絡が来たから、一人で寂しく商店街を歩いてたんです。そしたら、こんなところで親友たちに出会うとは……！　カラオケなら俺もする」

仁瓶は瑞原や邑野、初瀬倉に「よっ！」と右手を挙げて挨拶《あいさつ》した。

「瑞原と俺は推薦決まったからいいけど、ねえほんと、永塚は大丈夫なの？　そりゃあ気晴らしは必要だけど、受験勉強平気？」

店員が飲み物とスナックをテーブルに置いてドアの向こうに行ったのを見届け、仁瓶が真顔で言った。

「一日ぐらいゆっくりさせろよ。というか、何で利休と初瀬倉の心配しないんだよ」

「だって、こいつらが落ちるなんて太陽が西から昇ってもありえないから」

仁瓶は邑野と初瀬倉に「ねー？」と同意を求める。

すると邑野は「まあそれなりにやってるし」と眼鏡を指でくいと持ち上げ、初瀬倉も「今までの勉強のたまもの」と言った。

「ほんと、俺、お前もスポーツ推薦だと思ったのに。何で一般受験さー」

「競技じゃなく、ただ跳びたいだけだから。記録とか順位とか、そういうのに惑《まど》わされるのはいやなんだよ俺」

それにな、俺が行きたい大学は瑞原が行く大学と決めてんだよ。こんなことは絶対に誰にも言えないけど、キャンパスライフの妄想をさせてくれ！　変な学部を選ばれたらどうしようかと思ったけど、教育学専攻でよかった！　俺もだ！

心の声が表情に出ないよう、慎重に真顔を作る。

「永塚は本番に強いから、勉強さえちゃんとしていれば大丈夫だろう？　そんなに心配すると、逆に落ちるぞ、こいつ」

邑野はそう言いながら、端末を操作して歌を入れた。

「上げて落とすなよ利休」

永塚は頰を膨《ふく》らませてソファに踏ん反り返る。そういえばさっきから瑞原は大人しい。今も、テーブルに置かれたポテトフライを黙々と食べている。

「腹減ってんの？」

こくこくと頷きながらポテトを食べる瑞原が可愛くて、思わず目尻が下がる。どこのオッサンだ俺はと心の中で突っ込みを入れた。こいつが可愛くてツライ。

「だめ。我慢できない。腹減りすぎて寝る」

瑞原はそう言って立ち上がると、受話器を取ってフロントに焼きそばとカレーライスを注文する。邑野はまったく気にせず歌っていた。


「……ほんとさ、利休って頭がいいのに鈍感だよね」

仁瓶の囁《ささや》きに、永塚も頷くしかない。

さっきから初瀬倉は片思いの歌ばかりを歌っている。しかも、邑野の前に立ち上がってリサイタル状態だ。邑野は「うむうむ」と頷きながら手拍子までしている。

「初瀬倉が健気《けなげ》すぎで涙が出そう」

焼きそばとカレーライスを平らげた瑞原も、囁きに加わった。

「好きなら好きって言えばいいよってアドバイスしたんだけど、受験が終わるまでは言えないって。もし言って玉砕したら大学受験に失敗する自信があるって言われた」

瑞原は渋い表情で言いながら端末を操作する。

「でもほら、来月は城誠祭《じょうせいさい》あるじゃん？　そこでどうにかなりそうな予感も……」

仁瓶の言う「城誠祭」は、毎年秋に行われる大盛況の文化祭のことだ。特に前日祭はその年の「ミスター&ミス城誠」が選出され、勢いでカップルが増殖する。

「あー……、俺、もしかしたら前日祭は休むかも」

瑞原は永塚の肩にこてんと頭を載せてため息をついた。

「あー……もしかしてさー……あ、俺の歌！」

仁瓶は言いかけてやめ、マイクを素早く握り締めて歌い出す。

「あれだろ？　告白大会になるから休みたいんだろ？」

永塚は、仁瓶が言いかけていたことを引き継いで、瑞原に聞こえるように言った。邑野も初瀬倉もデュエット曲を探すので真剣になっている。あんなにべったりくっついていて、それで付き合ってないなんてふざけるな。

「そう。だからさー、永塚が俺と付き合ってくれれば……」

「バカか。暴動が起きる。俺が女子に殺されるぞ」

ああでも、こいつのために死ぬならそれもいいかもしれない。妄想の中なら痛くないしな！　瑞原は、大勢の女子に刺されて血まみれの俺を抱き締めて、「今ようやく気づいた。

永塚が好きだ。俺のために死なないでくれ」と言いながら泣くんだ。でも俺は失血死な。何か苦しそうだけど、ほら妄想だから！　そんで俺は「やっと言ってくれた。俺のこと忘れないでくれ」って瑞原の手を握り締めて死ぬと。あ、これヤバイな。めっちゃ可哀相《かわいそう》だ俺。というか泣きそう。泣かないけど！

フワフワとした瑞原の髪を頬で感じながら、永塚は妄想に余念がない。

「ほら次！　デュエットして～」

歌い終わった仁瓶が笑顔でマイクを押しつけてきた。

大画面に映し出されるのはひと世代昔の歌謡曲。男パートを永塚、女パートを瑞原で歌うと、その場に居合わせた連中は「ヤクザと、オカマの恋人みたい」と言って笑う。そんなつもりはこれっぽっちもないのだが、外見だけで判断された。

「私、永塚と瑞原のコレ、大好き！」

初瀬倉が手を叩いて、大口を開けて笑う。凄い顔だが美人なので様になる。邑野は拍手の代わりにタンバリンを鳴らした。

つい盛り上がってしまい、気がついたらずいぶん時間が経っていた。

とっぷりと日が暮れて夕飯の時間だ。

「じゃあ俺は、初瀬倉を送って帰るから」

こっちに向かって手を振る邑野の後ろで、初瀬倉が右手の拳を突き上げていた。美人の女子なんだからもう少ししとやかにすればいいのに、相変わらず面白い。

しばらくは永塚と瑞原、仁瓶の三人でたわいもないことを言いながら歩いていたが、駅前のバス乗り場で瑞原が「じゃあね」と言った。

「おう。また明日な！」

瑞原の家は彼が中三の春休みに引っ越ししたので、残念ながらここでさよならだ。

「一人なんだから気を付けて帰れよ？」

「この図体にそれを言うわけ？」

笑って自分を指さす瑞原に、永塚は「そうだよバーカ」と笑い返して手を振る。

今生《こんじよう》の別れってわけじゃないのでさっぱりしたものだ。

「永塚さあ」

「おう」

「お前、誰か好きなヤツでもいるの？」

「は？」

バレたのか？　いやまさか、そんなことはない。でももしかしたら……。高校三年の二学期っていう微妙な時期に、俺が瑞原が好きだとバレたら気まずいなんてもんじゃない！　仁瓶はいいヤツだからいつもと変わらずに接してくれるだろうが、気を遣われる俺の立場は！　絶対にぎこちなくなる。最悪だ。瑞原に知れたら最悪どころの騒ぎじゃない。俺はこの恋心を永久封印したまま、別の大学を受験するんだ。もう二度と瑞原の傍《そば》にはいられない。同窓会にも出られない……。何だこの悲恋！　俺泣くぞっ！

永塚は眉尻を下げて「いないけど」と言うと、仁瓶は「そうか」と頷いた。

「なんでいきなりそんなことを聞くわけ？」

「あー……ほら、いやだって、城誠祭が近いじゃないか。お前に彼女がいるかどうか知りたいって子もいるんだよ」

「だから、そういうのは面倒だからいいですー」

俺が欲しいのは抱き締めて折れちゃいそうな女子じゃなく、力任せに抱き締めても問題ない、丈夫な瑞原なんだ！　というか、俺が女子と噂《うわさ》になったら困るんだよ！　万が一、いやもっと確率は低いかもしれないが、瑞原が俺のことを好きだったらどうする！　いらぬ誤解を招くことはしたくない！

……とは口に出して言えないので、心の中でだけ雄弁に語る。

「そっか。じゃあ、そういうことにしておく」

仁瓶は微妙な笑みを浮かべて、納得したように頷いた。

「女子が面倒だからって、ホモだと思われるのも困るぞ、おい」

だって俺の一番で唯一は瑞原だけなんだから！　他の男なんて目もくれねえ！　こちとら中学生の頃からずっと瑞原一筋で生きてきたんだっ！

不特定多数ホモは、永塚の趣味でも性癖でもない。

「そんなのわかってるよ。……でも、彼女がいると楽しい学校ライフだぞ？　風呂に入る前に『お風呂に入ってくる』って携帯にメッセージが入ったり、寝る前に『おやすみなさい』って可愛い絵文字付きでメッセージをくれたりする。もちろん、『目を閉じたら明日にならないかな。仁瓶に会いたいよ』ってメッセージも来る。毎日だ！　楽しいぞ？」

「長く付き合っているのに、未《いま》だに新婚ホヤホヤかよお前ら。凄いな」

永塚は素直に感心し、仁瓶は「ありがとう」と胸を張る。

「……ホントに好きな子とか気になる子はいないんだな？」

「くどいぞ、仁瓶」

「うぃっす。じゃあ俺、こっちだから。また明日な！　気を付けて帰れよ？」

いつもの交差点で足を止め、仁瓶が笑顔で手を振った。

「お前こそ気を付けろよ」

バイバイ、また明日。

永塚も軽く手を振り、交差点を左に曲がる。仁瓶は交差点を渡っていった。

「あーあ、瑞原が彼氏になんねえかな」

一人になった途端に、口から願望が溢《あふ》れ出す。周りに誰もいないことを確認してからなので、何の問題もない。

実現しないのはわかっているので、妄想で我慢する。きっと俺は一生童貞なんだ。頭の中は妄想でいっぱいの非処女だというのに。切ない。

永塚は小さなため息をつき、足を速める。

妄想で楽しむにしても、路上では限度がある。万が一事故に巻き込まれたら危険だし、信号を見誤ってしまう場合もある。

「さっさと帰って自分の部屋でいろいろするか」

今日も瑞原を堪能《たんのう》できたし、歌も聴けたし、デュエットもした。大漁だ。

またしてもにやけそうになる顔を必死で堪《こら》え、永塚はついに走り出した。

高校まで徒歩圏内なのは楽でいい。いつもの距離の半分ほど走って帰ってきたが、陸上部に所属していた永塚の体は、引退しても未だ健在だった。

いい汗をかいた。

「ただいま」

ネクタイを緩めながらドアを開けて玄関に入ると、二人の弟が我先にと走り出てきた。

「兄ちゃんおかえり！」

末っ子の小学六年生は笑顔で永塚に飛びかかり、次男の中学一年生は「兄ちゃんおかえり。先にご飯食べよう？　あとで一緒に風呂入ろうね？」と、永塚を見上げる。

次男は百六十五センチ、三男の末っ子に到っては百五十センチしかないため、彼らはいつも「兄ちゃんは背が高くていいなあ」と憧《あこが》れの視線で見てくれる。自分とよく似ているはずなのだが、目つきが険しくないので天使のように可愛い。

母も「身長はお父さん似なのに、目つきはお祖父ちゃん似なのよね」とたまに残念そうに言った。弟たちはすべてが父親似で、目がくりっとしていて可愛い。

「兄ちゃんは、今日は一人でゆっくり入りたいから、また今度な？」

「絶対だよ？」

「俺も俺も！　兄ちゃんたちと一緒に入る！」

弟たちの声に、永塚は「今度、みんなで入ろう」と笑顔で約束してやった。

制服から部屋着兼パジャマのジャージと半袖Tシャツに着替えて、食卓に着く。

母は「遅くなるなら連絡入れてって言ったでしょ」と文句を言いつつも、カレーライスを温め直してくれた。

永塚家のカレーライスの具はゴロゴロと大きく、食べ甲斐《がい》がある。末っ子の舌に合わせた味付けは少し甘めだが、少し醤油を垂らして食べると意外と旨い。

「俺たちもまた食べる」と言って食卓についた弟たちが皿を空にしていく様子は可愛くて、「ああ兄弟がいてよかったなあ」と思う。以前、教室で「弟たちが可愛い」という話をしたら、クラスメイトたちに「はあ?」と眉間に皺《しわ》を寄せられた。そして、いかに弟妹が邪魔な生き物かを語られてしまった。どうやら自分の弟たちは特別らしい。逆に羨ましいと言われた。

「兄ちゃん! ご飯美味しいね!」

末っ子が、口の周りをカレー色に染めて笑う。それを次男が「お前、顔」と笑いながらティッシュで拭《ふ》いた。心が温まる光景だ。

「ああ、旨いな」

そういえば瑞原は、上に姉さんが一人いたっけな。

永塚は二杯目をおかわりしながら、瑞原の美人の姉を思い出す。

彼の家族は近所でも評判の美男美女家族で、まるで芸能人のようにキラキラしていた。家族で旅行に行くと、旅行先で家族ごと芸能スカウトに声を掛けられるのだと、瑞原はうんざり顔で言っていた。

いっそ瑞原が芸能人になってしまえば、もう完全に脈がないと諦《あきら》めがつくだろうか。それとも逆に一生崇拝《すうはい》していくのだろうか。

……いやいやいや。崇拝してたらセックスできねえ。

永塚は実に現実的な突っ込みを脳内で入れ、二杯目を平らげる。三杯目に行ってもよかったが、部活を引退した身で三杯目は少々きつい。この体型はできればずっと維持していきたいので、「どうする？」と尋ねる母に「ごちそうさま」と言った。

食事の途中でついてこようとする弟たちに、「兄ちゃんは部屋で勉強するから」と言って制して、二階の自分の部屋に上がった。

六畳のフローリングは実にさっぱりとしたもので、大きな家具はクローゼットと本棚、机にベッドだけ。床に筋トレ用のダンベルが転がっていて、いつもの癖で毎晩使っている。

永塚は携帯電話と一緒にベッドに寝転がると、サイドテーブルからイヤホンを引っ張り出して耳にはめ、音楽端末のスタートボタンを押してお気に入りのアーティストの曲を流した。好きな音楽を聴きながら瑞原のことを考えるのは、すでにルーティンワークと化している。ただしこのルーティンはとても楽しい。

……が、この楽しい行為はいきなり中断された。

枕元の携帯電話がブルブルと震えて、現在絶賛着信中だと永塚に教える。

ふざけんな今頃誰だよと眉間に皺を寄せ、携帯電話を乱暴に摑んで液晶画面を見て目を丸くした。

慌ててイヤホンを耳から引っこ抜き、通話マークをフリックする。

「何だよ瑞原、どうした？」

電話をかけてくれて凄く嬉しい……なんてことはおくびにも出さず、どこか面倒臭い口調を演出した。

『うん、今日は久しぶりに楽しかったから、別れた後に名残惜しくなって電話をしてみたんだ。今大丈夫？』

「平気。お前こそどうよ」

『大丈夫。ご飯後だからちょっと腹が苦しい』

「へえ、何食ったの？」

『カレーライス』

「マジで？　うちも今日はカレーだった！　弟に合わせた味だから少し甘めだけど。そういや、確か瑞原も辛いのが苦手だったよな？　やっぱカレーも甘口？」

『甘口。うちはみんな辛いのが苦手だから』

「そっか。だから、おばさんはお菓子作るの上手いんだな」

瑞原が引っ越す前は、彼の母が「作りすぎてしまって」とよくうちに手作り菓子を持ってきてくれた。引っ越してからも、瑞原が友人分として持ってきてくれたのでご相伴《しょうばん》に与《あずか》った。どこから見ても既製品にしか見えない可愛い包みに入った菓子は、驚くほど旨い。

『最近は俺も手伝ってるんだ。結構楽しい』

「お前の手作り食べてると知られたら、俺や仁瓶や利休は殺される」

『あー……女子ね。女子の集団に糾弾《きゅうだん》なんてされたくないよね。怖いから。でもほら、永塚が俺と付き合ってくれれば問題ない』

「またその話かよ。お前、そんなに俺のことが好きなの？」

『うん。凄く好き。でも知られたらスキャンダルですかね』

電話越しにクスクスと低く笑う声は、こう、何というか下半身に響く。ああ俺ってば最低な友だちだと思いつつ、ジャージの上から左手で股間を撫《な》でた。

「駆け落ちするしかないぐらいのスキャンダルだ。どうすんのお前、大学決まってるのに」

目を閉じたまま、わざと陽気な声を出す。

『それをすっかり忘れてた。だめだ。俺、大学まではバスケやりたいんだよ。だから、もう少し背が高くなりたい』

「何言ってんだ？　百八十八もあって、もっと伸びたいだと？　俺を見下ろす気かよ」

『大丈夫。永塚と話をするときはしゃがむから』

「それムカつくわー」

相手に自分が見えてないって最高だ。こんないやらしいことまでできる。やばいな俺。変態への道をまっしぐらだ。

左手をジャージの中に入れて、下着越しに性器を扱《しご》く。

これも一種のテレホンセックスと言うヤツだよな？　まだ誰ともキスもしたことないのに、いきなりコレでいいのか俺。順序が逆だと思うんだけど……まあいいか、気持ちいいし。できれば瑞原には勝手に喋《しゃべ》っていてほしいけど、俺が無言でも心配するだろう。喋らなきゃならないのがちょっと面倒だな。快感に集中できねえ。

『そういや俺、来週公開されるアクション映画のチケットの前売り券をもらったんだけど、よかったら週末に観に行かない？　本当は姉さんが彼氏と行くはずだったんだけど、用事で行けないからってくれた』

「マジか！　行くわ！」

『デートのつもりだから、可愛い恰好で来てね？』

低く囁くような声がゾクゾクする。

尾《び》てい骨から背筋にかけて快感が走り、永塚は我慢しきれずに、直に陰茎を摑んで扱いた。

先走りがいやらしい音を立てるが、電話の向こうまでは聞こえないだろう。

「はは、俺は初デートだ」

『永塚の初めてを俺にくれるの？　ありがとう』

瑞原 涼司
終了

ああちくしょう。こいつは冗談で笑いながら言ってるだけなんだぞ。この残酷なノンケ野郎が！　俺のハートを翻弄《ほんろう》しやがって！　大好きだっ！

瑞原の台詞に顔を真っ赤にしながら、「ありがたくもらえ」と言ってやる。

『……家が引っ越ししなけりゃ、電話じゃなく直接会って話ができたのになあ。ほんと、養われてる身はツライ』

「社会人になるまでは我慢だな。でも、大学は一人暮らしだろ？」

まだ何ヶ月も先の話だが、瑞原の行く大学は神奈川にあって、部活に専念するために自宅から通うのは難しい……という話を前に聞いた。

そして永塚も、瑞原にはまだ言っていないが第一志望は彼と同じ大学なので、自宅から通うのはなかなか面倒臭いからアパートに引っ越す気でいる。弟たちは寂しがるだろうが、兄ちゃんの門出を祝ってくれと言うつもりだ。

『うん一人暮らし。永塚の行く大学が近かったらさー、一緒に暮らしたいんだよなあ。家賃も光熱費も安くなるだろうし、親同士も交流があるから、だめって言わない気がする』

だから！　何でそう爽《さわ》やかに俺のハートを揺さぶるんだよっ！　ほんと、ノンケって最悪！　楽しそうに俺を傷つけてくる。何も知りませんを武器にして俺の陣地にズカズカと入ってくるんだ！　ああ、言ってしまいたい。俺はお前が好きなんだと言ってしまいたい！　肉欲的な意味でも大好きなんだと言いたい！　お前とセックスしたいって意味で好きなんだと言いたい！　でもお前は俺で勃《た》たないもんな！　俺のケツに自分のちんこを突っ込むとか、これっぽっちも考えたことねえよな！　だってノンケだもんな！

嬉しすぎて好きすぎて、変にこじれて怒りが湧いてきた。

「何勝手に決めてんだお前。俺の受験が終わるまで待てよ」

『え？　じゃあ俺と一緒に暮らしてくれるの？』

「その前にさ、スポーツ推薦で進学なら大学の寮に入るんじゃねえ？」

『え』

「飯《めし》の心配をしなくていいだろ？　寮なら」

『待って待って、寮だと門限があるよね？　やだよそんなの。俺、大学に行っても永塚と遊びたいし』

「マジで？　大学の友だち付き合いの方が大変だろ？」

『それはそれ、これはこれ』

「ははっ。嬉しいな」

『もっと嬉しがって。そんで、俺を大事にしてよ』

湧いた怒りがどこかへ飛んでいった。知ってるか、これで俺たち……付き合ってないんだぜ。ほんと泣ける。この電話切ったあと、お前の声を思い出して三回は抜くから！　っつか今も、結構ヤバイ状態だから！

左手を何度か動かすと、快感で尻にきゅっと力が入った。

「あ、悪い。俺……これから風呂だわ」

『そっか。じゃあ、また明日ね？　おやすみ』

このクソイケメンボイスめ！

耳元で「おやすみ」と囁かれたような気がして、永塚は俄然《がぜん》張りきって左手を動かした。


物理的に気持ちよくはなるけれど、所詮《しょせん》は自分の手だし、だったら妄想でハアハア言ってる方が気持ちいいんじゃないかと思って試したら、射精管理されてるみたいで凄くよかった。

永塚は自覚した。

自分はかなり危ないタイプの変態だと。

誰にも言わないし、誰に迷惑をかけているわけではないのだが、罪悪感は拭えない。いや、そもそも拭う必要などないし、むしろその罪悪感に逆に興奮したりするのだが、ふと我に返ったときに「俺ってヤツは……」と最悪なひとときを迎えた。

賢者タイムどころか、土下座タイムだ。オカズ相手に心の中で百万回も土下座する。

「永塚～。なんでいきなり着替えるわけ？」

ＨＲを終えてすぐブレザーを脱ぎだした永塚に、瑞原が首を傾げた。

「ちょっと跳んでくる。体が鈍《なま》ってると頭も上手く動かねえ」

「俺、横で見ててもいい？」

「はあ？　お前も運動しろよ。部活出ろ」

「俺が出たら女子が騒いで、一、二年の練習にならないってさー」

「ふーん」

傍で見たいだなんて……嬉しいけど！　めっちゃ嬉しいけど！　けどお前はノンケだから俺を視姦《しかん》なんてできないしっ！　俺だって、勃ったら恥ずかしいし！　ノンケの破壊力半端なくて、俺は毎日が嬉しくてツライ……！

永塚はすべての理性を総動員して平静を装うが、瑞原は気にせず「久しぶりに永塚が跳んでるところを見たいんだよ」と絡んできた。

「俺が跳んでるところを見ても楽しくないだろうに」

「楽しいよ！　部活で外周走ってるときに、何度か見た。俺の身長ぐらい跳んでたよね？自分の身長より高く跳ぶって凄いと思うんだよ。そりゃ信者もできるって」

「お前の身長どころか、三メートルぐらい跳ぶわ」

「マジで？　すげー！　ダンクできんじゃん。今度やって見せてよ」

はしゃぐ瑞原の後ろから、邑野が笑いながら「三メートル跳んだら新記録だし、オリンピックで金メダル取れるわ」と突っ込みを入れる。

「え？　俺、騙《だま》されたの？」

「そういうこと」

「何だよー。すげーって思ったのにー」

無邪気に悔しがる瑞原を見つつ、永塚はさっさと着替えを終えてジャージ姿になる。

「そんじゃ俺、軽く走ってから適当に跳んでくるわ」

「後輩たちに迷惑かけるなよ？」

「しないしない」

タオルを持って、のんびりと教室を出ようとしたら、いきなり背中に衝撃が走った。

「俺は見学に行く！」

瑞原が永塚にしがみつき、「間近で見たい！」と大声を出す。

教室に残っていた女子たちが「瑞原くん可愛い！」だの「私にも抱きついてよ！」だの、好き勝手言っている。

「あーもー！」

何だよこのラッキースケベはっ！　そうだよな？　俺。好きなヤツに抱きつかれたら、これはもうラッキースケベだよなっ！　っつーか、力強いっての！　いくら丈夫にできてる俺でも、そんな……そんなぎゅって抱きつかれたら壊れるっ！

平静を装うのが難しい。

同級生に抱きつかれてニヤニヤしているところを見られたら、「変態」と罵られてもおかしくないのだ。

「何だよみんな元気だねー」

隣のクラスからやってきた仁瓶が、「今日も一緒に帰ろう〜」とスキップで近づいてくる。

彼女はどうしたと思っていたところで、邑野が「彼女は？」と聞いてくれた。

「今日は塾なのー。俺と同じ大学に行くって頑張ってくれてるから、俺もできる限り応援したいから、『一緒にいたいんだ』って我《わ》が儘《まま》は言わない。ところで何で永塚は瑞原を抱きつかせてるの？」

「勝手に抱きついたんだよ！　こいつが！　重いしウザイ！」

頼むからいつまでもしがみついててくれ、そのぬくもりを体で覚えたい……なんて言えるはずもないので、精一杯いやな顔をして言った。

「瑞原がウザイのはいつものことじゃないか。今日は女子を侍《はべ》らせてないだけいいじゃん」

仁瓶は微笑とともに毒のある言葉を口から吐き出して、瑞原に「酷い！」と大声を出される。

「そうだった。じゃあもう、俺はこのまま外に行くから。じゃあな！」

永塚は体をひねって瑞原を払い落とし、サクサクと歩き出す。瑞原はすぐさま立ち上がると、無言で永塚の後を追った。

「……あいつらほんと、仲がいいよな」

しみじみと言う邑野に、仁瓶は「そうなんだよなあ」と少し困った顔で返事をした。


こっちは引退した身なのだから、わざわざ世話をしてくれなくてもいいというのに、後輩たちは「永塚先輩！」と笑顔で駆け寄り、走り高跳びのスペースを譲《ゆず》ってくれる。

コーチは注意するどころか「永塚のフォームをよく見ておけよ」と言った。

瑞原は制服姿でマットの向こうに避け、「いつでもどうぞ」と手を振る。

何だよお前可愛いな！　抱いてくれよ！　……なんて思いつつ、顔にはウザイという文字を浮かべた。悲しいカムフラージュだ。

「いきなり跳ぶかよ。ウォームアップしてからだ」

「あ、そっかー。……だったら俺も、ジャージで来ればよかった」

瑞原は笑いながら戻ってくると、柔軟なら手伝うよと言ったが、それには部の後輩たちが
「俺たちが手伝います」と胸を張る。可愛い後輩だが、今は邪魔だぞお前ら。

「俺やることないから、ここで応援してるわ」

「いやいや。お前がそこにいるだけで、女子が元気になるから役に立ってるぞ」

女子部員たちは、さっきからこっちをチラチラと見つめては「頑張ろうね！」と大きな大

会前のような気合いを入れている。

「俺はいいから、お前らはお前らで練習しろよ?」

永塚は、何かと自分を構おうとする後輩たちを散らせて柔軟をした。

「じゃあ俺もこっち」

瑞原は古いマットに移動して、端っこに腰を下ろす。

そんなに俺を見たいのかよ。まったく視姦が好きなヤツだな。家に帰ったら思う存分お前でオナッてやるから覚えとけよ。ったく、実は俺のことを好きなんじゃないか……って勘違いするだろうが。勘違いは悲劇を生むというのは世の常なんだよな。気を付けよう……。

ゆっくりしっかり柔軟を終えてから、踏切位置まで何度も助走路を往復する。

「何メートルから飛ぶの?」

「久しぶりだから、最初は百六十ぐらいかな」

「女子の身長だ」

「声がでかい」

はしゃぐ瑞原を睨《にら》んで黙らせ、位置につく。

軽い助走と力強い踏みきり。

背面跳びで難なく跳び越え、マットに沈む。視界の端に瑞原の顔が見えた。

「すっげ。こんな間近で飛んでるところを見るのは初めてだよ。もっと前から、ちゃんと見てればよかった……」

「もっと前っていつだよ」

「えーと……中学のときから？　あの頃は俺、バスケに夢中だったもんなー。惜しいことしたなあ。でも今の永塚も恰好いいよ！」

マットに腰を下ろし、腕を組んで残念がる瑞原に、「声がでかいって」と注意する。

恰好いいと言うよりも、できれば愛してると言ってほしい。まあ無理だけど。

心の中で自分にサクッと突っ込みを入れ、クロスバーの位置を徐々に上げていく。数回跳んでは位置を上げをくり返し、今では瑞原の身長よりも高い位置にバーがある。

「これ、跳べるの？」

「一度だけ跳んだことがある。非公式だったのが悔しい」

永塚はバーを見上げて、腰に手を当てた。

「あれ？　あれは仁瓶じゃないかな？　こっちに走ってくるよ？」

確かに仁瓶だ。バレーの外コートを走り抜け、トラックに向かって走ってくる。

制服を着たままだが、相変わらずのスプリンターぶりに、気づいた部員たちも「仁瓶先輩はえー」と感嘆の声を上げた。

「ふざけんなよ永塚！　携帯持っていけよ！」

たいして息も切らさずに、仁瓶は永塚を罵る。

「何だよいきなり」

「進路表出してないから呼んでこいって、エビちゃんのパシリにされた。利休もいたのに」

「そりゃあ、お前の方が足が速いからだろ」

「そりゃそうだけど、エビちゃんもさー、自分で呼びに来ればイイと思わないか？」

エビちゃんとは、三年の進路指導を担当している海老沢《えびさわ》教諭のことで、物静かな美形の上に人当たりがよく、女生徒から人気がある。三十八歳という年齢だが、「趣味の時間を充実させたい」とのことで未だに独身だ。

「え？　永塚はまだ進路表出してないの？　ねえどの大学に行くの？　教えてよ」

瑞原が立ち上がって永塚に詰め寄ってくる。

「ああうん、まあ、その、何ていうか……」

「確か永塚は、瑞原と同じ大学を希望してたよね？」

言葉を濁していたところに横から仁瓶が口を出す。

途端に瑞原の瞳が輝いた。

「マジで？　俺と同じ？　やった！　これからもよろしくね、永塚」

「まだ受験も始まってねえ。……ったく、マットを片づけるの手伝えよ？　二人とも」

よろしくしてくれたのは嬉しいが、どうせなら受かることを祈ってほしい。

永塚はしかめっ面《つら》で二人に手伝いを強要した。

「帰れって言われたのに待ってたら、また怒るかな?」

放課後の教室で、瑞原は自分の席に腰を下ろしてため息をついた。

「大丈夫じゃない? 俺もいるしさ」

仁瓶はキョロキョロと辺りを見回し、教室の前後の扉を開けてから、永塚の席に腰を下ろす。

「何で扉を開けたの?」

「だって、扉の向こうで聞き耳を立てられたらいやだろ?」

含みのある台詞に、瑞原は「あぁ」と軽く頷いた。

教室には彼ら以外誰もおらず、窓の外から部活中の生徒の声がかすかに聞こえてきた。

「瑞原、今日のお前はいつになく積極的だったな」

「そりゃあ積極的にもなるよ。何であいつは、俺が抱きついてもベタベタ触っても、何のリアクションもないわけ? 頬を染めるとか、可愛い声で『やめろよ』とか言ってくれればいいのに! 何なのあの鈍感! 他の子なら一発で落ちてるっていうのに!」

瑞原は両手で頭を抱えて大声を出すが、仁瓶の冷静な「静かにしろ」と言う声を聞いて口を閉ざす。

「……あれだよな？　小学校からずっと一緒なんだよな？　お前ら」

「そう。しかもずっと同じクラスだよ。これって幼馴染み初恋のフラグがバンバン立ってるよね？　むしろ立たない方が物語としておかしい。幼馴染みの特権を活かして、いつも一緒にいたのに、何で永塚に何も伝わらないんだ……」

「だって、お前の周りにはいつも女がいたし？　彼女がいたこともあったよな？」

「それは自分の気持ちに気づくまでの話ですよ、仁瓶君。俺は高校一年の春に、永塚と付き合うって決めたんだ」

それまで学ランだったのが城誠高校のブレザーを着てネクタイを締めた永塚を見た瞬間に、瑞原は恋に落ちた。決してブレザー萌えでもネクタイ萌えでもなく、大人びた姿の永塚を見て、今まで積み上げられてきた思いが心の中から溢れ出したのだ。

ふと「花粉症の発症に似てるな」と思ったが、永塚に反応して症状を起こすなら本望と決意も固い。

「俺さあ、恰好いいしバスケ上手いし、オマケに背が高くて綺麗な顔をしてるでしょ？」

言われた仁瓶は、「そうだな。それで頭がよかったら世界一だったのにな」とわざと残念そうな顔で返事をした。

「うん。頭の中身は上中下で行くと中の中ぐらい……」

「下じゃない？」

「…………下の上」

「ああうん、日本語って便利だなって思うときがあるよな」

仁瓶は愛想笑いを浮かべる。

「性格だってそんなに悪くないし。むしろ女子には『瑞原君可愛い！』って言われたりするのに、何で永塚は俺を可愛いと言ってくれないんだろう」

「男が可愛いって言われて嬉しいのかよ」

「俺は嬉しいよ。だってそれって愛情表現じゃん？　うちの姉ちゃんたちとか伯母《おば》ちゃんたちは、みんな俺のことを可愛いって言ってくれる。伯母ちゃんの一人は、勝手に俺の写真を雑誌のコンテストに送っちゃうほど、俺が可愛いと……」

仁瓶がいきなり机を拳で叩いたので、瑞原は口を噤《つぐ》んだ。

「自慢はそれくらいにしとけ、イケメン」

「それ事実だから、事実」

「そんなこと言ってるから、永塚はいつまで経っても振り向いてくれないんだよ」

「だってもう……あと俺ができるアプローチと言ったら……強姦《ごうかん》しか残ってない」

できれば無理矢理はしたくない。だってセックスは恋人同士の愛の営《いとな》みなんだから。俺が力任せに永塚を押し倒したりしたら、絶対に怪我をさせちゃうし。でも、いやがる永塚を押し倒すっていうシチュエーションはちょっと萌える。あの男らしい顔がそのうち困ったような泣きそうな顔になって、頰なんか真っ赤になって、そのうち「瑞原やめて」とか言っちゃうんだ。ヤメテとかいうわりに、下半身はしっかり反応してて、そのうち俺の背中に両手を回して、可愛い声で喘《あえ》いで……。

そこまで妄想したところで、仁瓶にいきなり携帯の鏡を差し出された。

「え？　何？」

「お前、今イケメンにあるまじき顔をしてた。何かエロいことを想像してただろ。何だそのゲス顔は」

意味がわからず、取りあえず鏡の中の自分を見て納得した。美形の犯罪者が鏡に映っていた。かなり危ない表情だ。

「いや、その、男なら誰しもするだろう？　その手の妄想は」

「そりゃそうですけどね。学校でそんな顔すんなよ。プライベートだけにして」

「わかった」

「でもさ、永塚も変な顔して黙ってるときがあるんだよな」

「俺の永塚はゲス顔なんてしないから！」

「いやいやいや、ゲス顔じゃなくって、むしろクソ真面目な顔？　みたいな？　何を難しいこと考えてるのか知らないけどさ」

「あー……うん。俺、そういうときは声をかけないで黙ってる」

多分、永塚にはいつも何か悩み事があるのだ。

瑞原は、そんなときに軽率に話しかけてはいけないと思っていた。

「俺が気づいたのは去年ぐらいだったけど」

仁瓶の言葉に、瑞原は「もっと前だよ」と訂正する。

「さすがは好きな相手のことをよく見てるよな」

「そのときそのときで、きっと悩みが違うんだよ。今は受験のことかなあ。でも俺が進学する大学を受験するって聞いて凄く嬉しい」

さり気なく、何かのついでのように、慎重に、永塚がどの進路を歩むのかを尋ねてきた。それを本人の口からではなく仁瓶の口から聞くことになるとは思わなかったが、結果オーライということにした。

「でも何で、永塚は黙ってたんだろう」

「お前がうるさいからじゃない？」

「あ！　…………あーもー！　俺ってヤツは！」

図星を指されて、またしても瑞原は両手で頭を抱える。

確かにそうです！　そうですとも！　永塚が、俺が進学する大学を受験すると言ったら、俺は黙っていられない。絶対に態度と言葉で示すし、ヘタをしたら俺のことが好きなんじゃないかと思って、もっともっと積極的に動きそう！　ただし強姦はなしの方向で！

瑞原は「学部も一緒だといいなあ」と言って自分をクールダウンさせた。

「ほんと、落ち着けよ？　俺が、瑞原は永塚が好きだってことを知ったときのことを、常に思い出せ。あの場面を発見したのが俺でなかったら、今頃お前はここには存在しないんだぞ？」

「……わかってる」

あれは高校一年の冬だった。その日は部活がなくて、生徒会の雑用を押しつけられていた邑野と初瀬倉を教室で待っていたときのことだった。

永塚は自分の席で、「ちょっと眠い」と言ってスポーツバッグを抱えて俯《うつぶ》せに眠ってしまった。寝付きがいいのですぐに寝息が聞こえてくる。

丸まって眠る猫みたいに可愛くて、周りに誰もいないのを確認してから、滑らかなうなじにキスをした。我慢できずにしてしまった。

「好きだよ、永塚」と呟《つぶや》いた次の瞬間、背後に人の気配を感じて慌てて振り返ったら、そこに仁瓶が立っていたのだ。

あの後散々、「どこに人の目があるかわからないから、学校では我慢しろ」「恋愛にはいろんな形があるから、俺は何とも思わないが、ところで……いつから永塚に片思いしているんだ？」などいろいろ言われて現在に到る。

「ほんと、仁瓶にはいつも苦労をかけてる。ごめんね？　俺にできることと言ったら可愛い女の子を紹介するか合コンのセッティングぐらいなんだけど、ラブラブな彼女がいるからそれもできないよ」

「気持ちだけでいい」

「うん」

「気持ちを伝えるなら、大学入試が終わってからにしとけよ？　永塚のために」

「わかってる。……でも、城誠祭で永塚が誰かとカップルになっちゃったらどうしよう！　俺、死ぬかも。いや絶対死ぬな。永塚に告白した子を殺して俺も死ぬ……」

「お前って、意外とヤンデレ要素満載の男なのな。外見からしてキラキラしてるし、多少男子に妬《ねた》まれるぐらいで、変な噂は聞かない明るくてわかりやすいイケメンだと思ってた」

「永塚に関しては、俺はいつもの『へらへら明るいイケメン。恰好よくて爽やかな瑞原君』じゃないから。永塚が好きらしいって女子の話を聞いたら、まず先に、俺に気持ちを向けさせるから！　今までそうしてきた。うん、これは俺の闇。だって、永塚に女子と付き合ってほしくない。俺と一緒にいる時間を大事にしてもらいたい」

　ふと視線を仁瓶に向けると、彼は笑みを浮かべたまま引いていた。思いきり引いていた。

だがその場から逃げ出さない友情も持っていた。

「瑞原こえー。……でも永塚はまったく気づいてないからな」

「それなんだよ」

「けどまあ、好きな女子がいるって話も聞かないから大丈夫じゃないか？　きっと城誠祭も乗り越えられる。……というか、自分の心配をした方がいいぞ瑞原。最後の望みをかけて、お前に告白したい女子が押し寄せる」

城誠祭の最中に告白するとカップルになれるというジンクスがあり、毎年何らかのドラマがある。

去年は、放送室から告白した三年女子がいて、見事カップル成立して同じ大学に入学した。今年は「カップル成立」よりも「大学入学」にあやかりたい三年生が気合いを入れているという噂を小耳に挟んだが、仁瓶に言われるまで自分はまったく関係ないと思っていた。

そんなはずはなかった。

「すっかり忘れてた。ほら俺って、永塚を好きでいるのに精一杯だから」

「ミスコンもあるし」

「あー……多分女子は初瀬倉の三冠達成だろうな。男子は、利休がミスター城誠になればいいと思ってる」

瑞原も、初瀬倉の恋心をしっかり理解していた。もし彼女の恋愛が成就《じょうじゅ》しなかったとしても、高校最後の文化祭が素敵な思い出になってくれると嬉しい。

「あそこもほんと、まどろっこしいと言うかじれったいというか。俺が今度、利休に詰め寄って聞いてみる。あいつの本音を知りたい」

「そうしてあげてください」

「あー……あと、ついでに永塚にも聞いてやろうか？　お前のことをそれとなく。多分大丈夫な気がする」

いつもの瑞原なら、ここで「やった」と手放しで喜ぶことができた。しかし。

「いや、もし俺のことを友だちとしか思ってないと言われたら立ち直れないから、聞かなくていい。絶対に聞かないで。あと、受験前の永塚を惑わせるのはやめてくれ。同じ大学に行きたいんだ」

「……瑞原がそう言うなら、俺は見守るだけにする」

仁瓶は何か言いたそうな顔をしたが、瑞原は「俺が決めたことだから」と言った。

二人がちょうど口を閉ざしたそのときに、ジャージ姿の永塚が教室に戻ってくる。

「何だよ。遅くなるかもしれないから帰れって言っただろ？」

永塚は仁瓶ではなく瑞原を見て、白い歯を見せてそう言った。


いつものように、途中で「じゃあまた明日な」と手を振るはずだったのに、瑞原が「もうちょっと永塚と話したいな」と言ったものだから、永塚の心の中にはピンク色の嵐が吹き荒れた。

「じゃあ俺は先に行くわー。帰って彼女に長文メールを送りたいし」

仁瓶はそう言って、こっちの返事を聞く前にさっさと歩き出す。

何ていいヤツなんだと、永塚は心の中で仁瓶の背に両手を合わせた。

そして、立ち話もなんだからと駅前のファストフード店に入ったまではよかったが、店内の女性がみな瑞原を見て頰を染めるので、少々気分が悪い。瑞原は綺麗な顔をしているしモテるのは仕方のないことだとわかっていても、「こいつは俺と話をしたいからここにいるんだから」と、腰に手を当てて演説したくなる。

だが永塚のざわざわと騒がしい胸の内などまったく知らない瑞原は、「ここでいいよね？」と言って、周りの死角になる場所を選んで腰を下ろした。

「ねえ、エビちゃん何を聞いてきたの？」

「進学の、第一希望とか」

「俺が行く大学と同じだよね？」

「そうだけど、あと、第三希望まで一応出して……」

「はあ？　何で？　永塚ってそんなに頭が悪かったっけ？」

呆《あき》れ顔で言われて、永塚は思わず瑞原の肩を叩いた。

好きな相手だ。断じて本気ではない。ほんのちょっと、苛《いら》ついただけだ。

「第二と第三は保険だろうが！」

「……そっか。それを忘れてた。でさ、エビちゃんはどうだった？　あの先生、たまにスキンシップが激しくなるって話だし」

「あ？　もしかしてお前、触られたことあるのか？　おい、いつ触られたんだ？　何で俺に言わなかったんだよ瑞原！」

俺の大事な瑞原に何してやがんだ、あの教師！　瑞原は俺のだから勝手に触ってんじゃねえよ！　っつか、俺の瑞原は教師に押し倒されてアレコレされるような男じゃねえから！　俺を押し倒してくれるんだから！　何なんだよ、ほんと最悪！

眉間に皺が寄るのがわかる。

最悪な顔をしてアイスコーヒーのＬカップを両手で持っている。せっかく二人っきりで「放課後デート」をしているのに、こんな顔を見せたくない。

ふわりと、頭を優しく撫でられた。

もちろん頭を撫でているのは瑞原だ。

「俺のことを心配してくれてありがとう。でも俺は幸いなことに一度もエビちゃんにタッチされたことがないんだ。多分、俺は好みじゃないんじゃない？」

ふふふと目を細めて笑う顔が凄く可愛い。胸がきゅっと締めつけられる。そして、同じくらい胸が痛くなった。

頭を撫でてくれたのも、ノンケの気まぐれなのだ。誤解してはいけない。

「そ、そっか。じゃあよかった。っつか、男に手を出す教師ってヤバくね？」

「いや、男女の区別はないみたい。自分の気に入った相手に対して接触が多いし、激しいって話。俺も人づてにしか聞いてないから、どこまで本当かわからない」

「あー……けど、女子に人気あるだろ？」

「顔がいいから？　あと独身だから、恋愛が発覚しても生徒が卒業したら結婚できるとか、そういう妄想は女子に聞いたことがある」

「女子すげーな」

「まあね」

「卒業アルバムの写真を撮るから、被写体になってくれぐらいしか言われてねえよ、俺」

エビちゃんこと海老原教諭は、ある程度進路の話が終わったところで、永塚に「卒業アルバム用の写真を撮らせてくれ」と言ってきた。

最初はぎょっとしたが、聞けば運動部で活躍した選手の写真を入れたいということなので、永塚は頷いたのだ。

なのに、目の前の美形がもの凄く恐ろしい顔をしている。

「お、おい。瑞原、おい瑞原。それ、女子に見せたらだめなヤツだ。鎮《しず》まれ鎮まれ」

お前のそんな怖い顔を初めて見た。何これめっちゃ嬉しい！　写メりたい！　けどそんなことしたらただの変態だよな？　俺は我慢する！　そしてうちに帰ってから、ゆっくり反芻《はんすう》するわ。美形の怒り顔……すげえゾクゾクする。勃ちそう……！

……なんて思っていることはおくびにも出さす、永塚は瑞原の頬を軽く叩いて「鎮まれ」と言った。

「あ、ああうん。ごめん。俺が知ってる卒業アルバムの話と違ってて、我を忘れました」

瑞原は取り繕うように笑い、オレンジジュースを飲む。

お前が銜《くわ》えているストローになりてえ……と思いながら、「何が違うんだよ」と聞いた。

「写真部が写真を撮るって。……二組の清瀬《きよせ》がさ、あ、バスケ部の主将なんだけど」

「知ってるって。一緒に何度か飯食ったじゃん」

知っているも何も、城誠高校の試合を見に行くと、いつもゴールの下でリバウンドボールを取っていた頼もしいヤツだ。ゴツイ外見のわりにとても気が利く優しい男で、年上の彼女がいる。大学も、彼女が通っているところに行くと決め、その彼女に家庭教師をしてもらっているという、何とも羨ましい男だ。

「そうでした。でね？　清瀬を含めた三年の元バスケ部に、被写体になってくださいって話がきたんだよ。陸上部はきっと利休のところに話が行ってると思う。利休は元主将だし」

「あー……言われてみればそうだな。じゃあエビちゃんは何で俺に被写体になれって言ったんだ？　意味わかんねえ」

「ねえ、ほんと……言っていい？　永塚」

「何だ？」

瑞原は背中を丸め、下から覗《のぞ》き込むようにして永塚を見つめた。

俺よりでかいくせに、何だよその上目遣い。めっちゃ可愛い……と思ったのも束の間、永塚はさっきよりも怖い顔をした瑞原に叱《しか》られる。

「ほんとね？　もっと危機感持って。俺は子供の頃から可愛かったでしょ？　だから、両親も親戚もこぞって注意してくれた。最初は意味がわからなかったし、どんなに綺麗で可愛くても、俺は男じゃん？　だから痴漢に遭《あ》うとか襲われるとかは無縁だと思ってた。でも、中二のときに電車で女の人に尻を触られてから認識を改めたんです。だから永塚も『俺なんて』とか思わないで」

「お前、痴漢に遭ったこと……あったんだ……」

「会社員風のお姉さんとかに尻を撫でられました。あと、露出狂の見たくもないちんこを見たことも……アレは腹が立ったなあ……」

何だよそれ！　俺が撫でたかったよ尻！　俺が見せたかったよ全裸！　違うっ！　こいつ、俺の知らないところでいろいろトラウマレベルの被害に遭ってたのか……。

思い出し怒りをしている瑞原の前で、永塚はしゅんと小さくなった。

「……何も知らなくて、ゴメンな？　怖かったよな？　中学生だったもんな……」

「いや、ちゃんと痴女のお姉さんは駅員に引き渡したたし、露出狂には蹴りを一発お見舞いしたので問題なく……」

「よく、痴女を捕まえたよ」

「永塚も知ってると思うけど、中学生の頃の俺ってほんと美少年だったでしょ？　だから電車内でも、俺の顔を見て周りのみなさんが納得して痴女お姉さんを取り押さえてくれた」

「どこに幸いが転がってるかわかんねえな」

「うん。でもねこの顔でわかったこともいっぱいある。永塚のように男前や凛々《りり》しさを全面的に出したスジ筋系の男子は、本物に狙われやすい」

俺の大好きな瑞原は一体何を喋っているのだろう。そんな真剣な顔するのは試合中だけじゃないかお前。どうした。

本当に、彼の言っている意味がわからなくて、永塚は首を傾げてアイスコーヒーを飲む。

「永塚のようなタイプ……この際もう言っちゃうね？　永塚はゲイにモテるタイプなので、本当に気を付けて。自衛してよ。ね？　もちろん俺も力になるけど」

心の底から友人を心配する目で、俺を見ないでください。ああもう罪悪感。そして理解した。よーくわかった。お前にとって俺は友だち以外の何ものでもないんだな。わかってたけど！　こうして事実を突きつけられるとほんと、死ぬ。……まあいいか。

死ぬような思いなら数えきれないほどしてきた。

相手はストレートなんだと呪文のように唱え続けて、辛《かろ》うじて平静を装った。それがこれからも続くだけだ。

「まあ、うん。気を付けとく。しかし俺がなあ……」

「エビちゃんが何をしたいのかよくわからないけど、自衛するに越したことはない」

「相手は教師だぞ？　このご時世、リスクを負うようなことはするか？」

「本能が理性をリョーガすることもあると思う」

「…………凌駕《りょうが》って、漢字で書けないくせに」

「書けないけどさ、意味は知ってるから」

ちょっとだけムッとした顔が可愛い。

話の内容が内容なので、自然と互いの顔が寄っていたことに気づいて離れようとしたが、瑞原の手が頭に載ったので動けなくなった。

「変な話になってごめん。でも俺、永塚が心配だから」

「おう、わかってる。平気だ。……というか、写真なら俺が撮りたかったな。今年のインターハイさ、陸上の方が先に全種目終わって、隣町までバスケ部の応援に行ったじゃん？」

「うん。凄く嬉しかった。俺なんか……食べ物が今いち合わなくて死にそうになってたし」

「準々決勝の試合。あのときの瑞原はめっちゃ恰好よかった。カメラを持っていけばよかったと、今も後悔してる」

今年の城誠高校バスケ部は全国三位だったが、その前の準々決勝の試合の方が観客たちの印象に強く残った。

エースである瑞原が不調で大量点差をつけられてからの、大逆転勝利だったのだ。

「え？　お前、あのとき具合が悪かったの？」

「うん。それでもうヤバイ、吐くかも……って思ってたときに、陸上部の連中が大勢で応援してくれてさ、すっごい嬉しくなって頑張れた。試合が終わったあとにソッコーでトイレに行ったけど」

初めて聞いた。お前、そこまで頑張ってたんだな。具合悪いのに無茶しやがって。やばい、ますます瑞原のことが好きになった。ほんと、俺ってヤツは……。

嬉しいやら愛しいやらで表情が緩む。

すると瑞原は「今夜さ、うちに泊まっていけば？」ととんでもない提案をしてきた。

「ふへっ？」

「暗くなってきたから」

「着替えねえし」

「俺の貸せるよ？　ちょっと大きいけど」

何だよそれ、彼シャツ？　夢にまで見た彼シャツ？　いやいやいや、今日はいろんなことが起きたし、受験勉強の合間にスッキリさせたいものもあるから……彼シャツには非常に心を揺さぶられるけど、ナシで！

今自分の頭を撫でている瑞原の手も大変名残惜《なごり》しいが、永塚は意を決して姿勢を正した。

すると二人の距離も自然と開く。

「そう言ってくれるのは嬉しいけど、俺は帰るわ。やっぱこの時期、勉強に力を入れねえと。お前と同じ大学に行けねえし」

これくらいは言ってもバレないよな？　普通の友人同士の会話だよなと、心の中で己に問いつつ笑顔を見せた。

「あ、そうだった。永塚が合格するように俺祈る。……ところで学部は？」

「あー……そこまではまだ。多分、文系、かな？」

「学部が違うとキャンパスも違うから……そうなったら寂しいね」

ああくそ！　しょんぼりした顔で言うなよ！　入試が終わるまでは言わないつもりだったのに！　お前のマネをしてるかもって言われたら恥ずかしいから言わなかったのに！　この顔を見たら言わない俺が鬼畜《きちく》じゃないか！

好きな男の前では、決意はいともたやすく綻《ほころ》びる。

永塚はそっぽを向いて「文学部だよ、教育学科専攻する予定」と言った。

きっと瑞原は無邪気に「一緒だ」と喜ぶのだろう。もういい、ストレートの皮を被って、行けるところまで「友情」を育《はぐく》んでやる……と思ったのに、何のリアクションもない。

おそるおそる瑞原を見ると、何と両手で顔を覆っていた。乙女か！

「おい、瑞原」

「どうしよう、凄く嬉しい。これでまたずっと永塚と一緒にいられる……」

「そ、そうか、よかったな。その前に、まず合格しないとな」

「大丈夫。永塚なら受かるよ。ありがとう本当にありがとう、俺の心の中にいる名も知らぬ神様」

まあ何だ、そして俺はお前のすぐ傍で、お前が彼女を作るところを見るってわけだ。そのうち彼女といる方が長くなるに決まってる。果てしなく切ない話だけど、ギリギリまで傍にいられるならいいか。実物は手に入らないけど、妄想ならどうにでもなる。

永塚は「大げさだな」と言って、瑞原の頭を乱暴に撫で回した。

柔らかな髪が気持ちいい。

「え？　あ、いやいや、だって不安だったから。大げさなんかじゃない。これで城誠祭もスッキリした気持ちで参加できる」

「大変だろお前、学校中の女子が告白しに来るぞ？」

「そういうのは、全部お断りするからいい。みんな記念告白なんだよ。俺で度胸試しをして本命に行くんだ」

「俺にはよくわからない世界だが……そういうもんなのか？」

「そういうもん」

女子の動向に詳しい瑞原が言うならそうだろう。永塚は軽く頷いてから、空のカップを摑んで立ち上がった。

「そんじゃ、帰るか」

瑞原も今度は素直に立ち上がる。

するとあちこちで「瑞原君だ」「城誠高の瑞原君」「恰好いい」と近隣の高校の制服を着た女子生徒たちが囁き、視線を向けてくる。中には唇をリップクリームで艶々にしてから、「今帰り？」と気やすく話しかけてくる女子もいた。

店を出てから「女子校の制服じゃん、誰だよ」と聞いたら、笑顔で「知らない子」と言われた。

じゃあまた明日と、そう言って別れた。

背中に視線を感じたので振り返ってみると、瑞原が笑顔で手を振っていた。何だお前は天使か。照れ臭くて気持ちがいい。

「さっさと帰れ。誘拐されるぞ、イケメン」

笑顔で悪態をついてやると、瑞原は「まさかー」と大げさに肩を竦《すく》めた。

帰宅すると「遅かったのね」と母の声。

そのまま洗面所で手を洗い、着替えもせずに食卓について夕食を食べる。

二人の弟たちはダイニングテーブルの半分に宿題を広げ、戦っている真っ最中で、「兄ちゃんおかえり」と笑顔で手を振ったのも束の間、すぐに問題集に視線を戻した。

「勉強の方はどう?」

母が湯飲みにお茶を注ぎながら聞いてきた。

「んー、まあいいんじゃないかな」

「うちは浪人生を養う余裕はないですからね? 頑張ってね」

「あー……それはない。多分大丈夫。ただ、来週から自習室で勉強するのが長くなると思うから、晩飯は作ってくれるだけでいいや。帰ってきたら自分で勝手に温めて食べる」

「弟たちが寂しがるわね……と言っても、受験が終わるまでか。お父さんなんか、陽登が合格したら祝いに飲むんだって、もうお酒を買ってあるのよ。気が早いわね」

うふふと微笑む母に、永塚は「選挙権はあるけど飲酒はだめだっての」と笑った。

弟たちは宿題に手こずっているようで、今日は「あのねあのね」と絡んでこない。

それをいいことに、永塚はさっさと風呂に入ってから「疲れたから寝る」と言って自分の部屋に入り、後ろ手で内鍵を閉めた。

思春期の息子には、こんなささやかな鍵の付いたドアでも難攻不落の城砦《じょうさい》と同じ頼もしさがあった。

さて、と。

携帯電話を充電器に差し込んで、ベッドに寝転がる。ライトをつけたままだと気づいて、リモコンを操作して消した。

部屋の中はすっかり暗くなったが、それでも、目が慣れてくると、どこに何があるかくらいはわかる。

今日は本当に、とんでもない一日だった。スケベのないラッキースケベの連続だと言うべきか。いやちょっとわかりづらいな。でも、瑞原に撫でられた頭は、あいつの手の感触を覚えてる。

「ふへへ」

思わず気味の悪い笑い声が洩《も》れても仕方がない。だって最高だったのだ。

大きな手だった。顔はあんなに綺麗なのに、筋張った大きな手とのギャップに興奮した。

あの長い指に触られたら、今なら、そこがどこだろうと勃つ自信がある。

「やべえ」

ベッドから下りて床に膝をつく。

ベッド下の引き出しから、コンドームの箱とローションを取り出した。普段は衣替えの衣類が入っている。永塚家の男たちは、母が畳んでくれた服を自分で部屋に持っていて収納することになっているので、誰も触らない完璧な隠し場所だ。

永塚はジャージの下を全部脱ぐと、半勃ちしていた陰茎にコンドームを被せる。自慰でしか使ったことはないが慣れたものだ。明かりのない薄暗い部屋の中でも間違えずにつけることができた。もうここから妄想は始まっている。

今日は「せっかくだから」と、自分たちの教室を妄想の舞台に選んだ。いつになく大胆な接触があったから、最高のオカズになること間違いなしだと確信する。ごくりと息を呑み、目を閉じて背中を丸め、頭をベッドに押しつけた。

ああやっぱり言葉責めとかいいな。してもらいたい。けどあいつにそんなボキャブラリーなんてあるのか？　いや、それを考えたら何もできなくなるから忘れよう。よし、舞台は教室。俺は自分の席に腰を下ろして俯せて寝てる。そこからだ。放課後の教室は王道ネタだろ。

『教室だと興奮するね？　どう？　気持ちいい？　永塚』

瑞原の体に覆い被さられて、制服の上から体をまさぐられてる。それだけで感じてしまうけど、教室だから声なんて出せない。この現場を誰かに見られたら取り返しがつかないという背徳感に興奮して、唇を嚙んで堪える。

『ここ、好きだよね？　俺が今までいっぱい弄《いじ》ってあげたよね？　永塚の乳首』

瑞原に囁かれた耳がゾクゾクする。制服の上からでもわかるほどスラックスの股間が持ち上がり、先端はうっすらと濡れていた。

ネクタイを解かれ、ワイシャツのボタンをすべて外される。そこに、瑞原の両手がするりと入ってきた。肌に直に触れる筋張った指。彼の指はすぐさま両方の乳首に辿《たど》り着く。最初は押したり引っ張ったりと、小さな子供がオモチャで遊ぶような、そんな雑な愛撫《あいぶ》だった。けれど『こうじゃないよな』と耳元で笑われた次の瞬間、ローションで濡れた指で胸を撫で回されて、電流のような快感に体が跳ねた。

たまらない。

永塚は机に額を擦りつけ、体がずり落ちてしまわないよう必死に机にしがみつく。

今まで瑞原に弄られ、すっかり調教された乳首は、乳輪ごとすぐにぷっくりと膨らんで、よけい弄りやすくなっていた。

『可愛い乳首とおっぱいだ。永塚のおっぱいって、こんなにぷにぷにしてて柔らかいのに、乳首は固くて摘《つま》みやすいね』

指で強く摘まれ、引っ張られては指先で弾かれる。ただそれだけの行為なのに、永塚の体は敏感に反応し、スラックスの染みはますます大きくなっていく。

『瑞原、そこだけじゃなく、こっちも……っ』

震える手でスラックスのベルトを外していると、『ここが教室だって忘れてない？』と笑われる。でもいい。もう我慢できない。

『俺は、永塚に乳首でイッてほしいんだけど。それができたら、他のこともしてあげるよ』

『そんな、だめだ……っ、声、我慢できない……っ』

『ねえ、イッてみせてよ。女の子みたいにさ』

女性らしいところはまったくないのに、わざとそう煽られる。固く膨らんだ乳首を押し潰されるように強く揉まれて、尾てい骨から背筋に快感の電流が走った。

『ッ！　やだ、やだそれっ、瑞原……っ、それだめっ』

『好きなくせに、どうしていやだって言うの？　永塚は可愛いから女の子みたいにイッていいんだよ？　ね？　乳首イキ、俺に見せて』

逃げようとして机に縋《すが》っても、力任せに引き戻される。

上半身をはだけただらしない恰好で背中から抱き締められ、気がつくと瑞原の膝《ひざ》の上に乗せられていた。

『可愛い』と囁きながら耳の後ろやうなじに唇を押しつけて吸っていく。ピリピリとした感触に、目立つところにキスマークを付けられたのだと知った。

『やだ、バレる……っ』

『バレてもいい。内緒にしてる方がツライ。永塚は俺のものだって教えたい』

切なげな声で囁かれて、心地よくて体が震《ふる》える。筋肉質の胸は痣《あざ》が付くほど強く揉まれて、乳輪と乳首の存在を際立たせていく。瑞原の指先は繊細に動いたかと思うと乱暴に乳首をこねGoing回し、永塚の口から強引に喘ぎ声を出させた。

『もっ、そこ、だめ、乳首摘まんじゃだめ、だめだって、やだ、乳首でイク、イクからっ』

『俺に調教された乳首でイッちゃうって、女の子みたいに乳首イキしちゃうって言ってよ。永塚は俺のものなんだから、俺の言うこと聞いてくれるよね？』

乳輪を摘まれ、乳首の先端を爪で弾かれて、閉じたまぶたの裏に快感の閃光《せんこう》が散る。筋張った筋肉を持つ男の体なのに、瑞原に煽られて恥ずかしい言葉を口にする。

『イク、瑞原に調教された乳首でっ、女みたいにイクからっ、なあ、も、じらさないでイカせて、なあ、乳首でイカせてくれよっ』

『うん。素直な永塚は可愛いから、乳首でイカせてあげる。ね、乳首のどこが一番感じる？教えてよ』

先端を指の腹でくすぐられて腰がビクンと揺れた。そこ、一番いい。

『ふ、ぁっ、あっ、そこ、先っぽ弄られるの一番いいっ、ひゃっ、ぁああっ』

すっかり硬くなって赤く色づいた場所をきゅっと摘まれ、瑞原の筋張った長い指で執拗《しつよう》に苛められていると、気持ちよすぎて涙が出てきた。

口からは動物みたいな喘ぎ声しか出なくて、瑞原の体に体重を預け、乳首を嬲《なぶ》られてオーガズムを得た。

体は酸素を求めて口を開くが、そこに瑞原の唇が押し当てられる。

永塚の絶頂を見て興奮した瑞原の顔はゾクゾクほど綺麗で、ここが教室なのを忘れて、「さっさと犯してくれねえかな」と思う。

彼が乱暴にたぐり寄せた机の上に、今度は仰向けで押し倒された。

二人とも一般的な高校生男子より体格がいいので、少し力を入れただけで机がギシリと鳴るが、その音がいい。

『なあ、もう一回。キス……』

誘うように口を開けると、瑞原はネクタイを緩めながら嚙みついてきた。

口を開けて舌だけを絡ませて、その柔らかさを散々味わってから、今度は口の中を互いの舌で搔き回す。

それだけで気持ちよくて、体がビクビクと震えた。

『これを誰かに見られたら、俺たちもう終わりだね』

瑞原が言葉と裏腹のとても嬉しそうな顔で囁く。

『こんな恰好で俺に恥ずかしいことされてさ』

スラックスを脱がされる。体にフィットしたボクサーパンツもねっとりと濡れていて恥ずかしかったが、瑞原に『お漏らししてるみたいだ』と笑われて脱がされたときの方が羞恥で死ねた。

足を開かされて、先走りでぬるぬるになった陰茎が露《あらわ》になる。早く弄ってほしい。いつもみたいに、じらすように鈴口を舐《な》めながら陰嚢《いんのう》を揉んで泣かせてほしい。口に銜えながら、その長い指で尻を責めてほしい。

永塚は、自分の腹筋にキスをしている瑞原の頭を撫で回しながら「もっと」とねだった。

『待って。……誰か来たかも』

遠くから、女子たちの笑い声が聞こえてきた。ぞくりと、体が粟立《あわだ》つ。現場を目撃される恐怖より、見ず知らずの人間に、恥ずかしい姿を見られるかもしれないという興奮で、息が上がった。

『どうした？　女の子に見られるかもしれないのに感じてる？』

『違う……っ』

『でもここ、もうとろっとろになって、先走りがお尻まで垂れてるよ？』

触ってもらえない陰茎から先走りが溢れ出ている様を見られる。

『お前が、早く触らないからっ』

『どこ？　もう後ろを弄ってほしいの？　じゃあさ、今日はお尻だけでいっぱいイカせようか？　ね？　永塚は俺のちんこが好きだよね？　突っ込まれて乱暴に突かれると、気持ちよくてすぐ泣いちゃうし、そろそろこっちだけでイケるんじゃない？』

瑞原の指が下腹から足の付け根へとゆっくり動いていく。

教室の外では、相変わらず女子の声が聞こえた。数人集まって立ち話をしているようだ。

小鳥が鳴くような声で瑞原がいかに恰好いいかを語っている。

『俺がいなくちゃ生きていけないくらいに、ドロドロにしたい』

ああバカ野郎。何で気づかないんだよ、俺の方こそお前を一生離したくない。

永塚は、後孔が見えるように左足を持ち上げて両手で抱えた。

『してくれよ、早く』

瑞原の目尻が欲情で赤く染まるのがわかった。

ああ本当に気持ちいい。

永塚は妄想を途切れさせないよう、慎重に自分の指にコンドームを被せると、ローションで濡らした後孔にそっと挿入する。

最初は一本だけだが、指で弄り慣れているそこは数回挿入をしただけで、すぐに二本の指を受け入れた。

三本は何度か試したことがあるが、さすがに怖くてできない。

指二本で不満はないが、ローションとコンドーム以外の利器を買いたいという好奇心を捨てられないでいる。

「あ、あ」

妄想の教室の中では、散々恥ずかしい声を上げているが、実際は吐息混じりの小さな声しか出せなかった。

大きな声を出せたらきっと気持ちいいんだろうと思う。しかし、部屋に鍵はかけられても防音設備までは整っていない。変な声を上げたら弟たちが「兄ちゃん大丈夫?」「死んじゃやだ!」と大騒ぎするに違いない。

そんなバカ、できねえし。ああもう、集中集中。

床に突っ伏し、尻を高く上げて、後孔に二本の指を挿入して腰を振る。

妄想の中では、瑞原の長い指で乱暴に突かれて快感に啜《すす》り啼《な》いた。

『あっ、ぁ、ああっ、声、声出るから! 瑞原、そこ、そこだめ……っ』

『でも気持ちいいよね?』

『だから、指じゃなく、お前の、その……ちんこ、入れて。もっと奥までぐちゃぐちゃにしてくれよ』

『待って、今、ゴム……』

『そのままでいいから』

『あのさあ、永塚可愛いから、赤ちゃんできるかもよ? ねえ、孕《はら》ませていい?』

瑞原はスラックスのベルトを外しながら、上目遣いでニヤリと意地悪く微笑む。ヤバイ、その顔だけでイキそう。

『いいから、なあ、早く』

『廊下にいる女の子たちに声聞かせていい? ねえ、永塚のエロい声、聞かせてやりたい』

『だめ……、ッ！　んっ、んぁ……っ』

体格に見合った大きさの太めの陰茎が、ゆっくりと体の中に入ってくる。

『すっごい。とろんとした顔になってる。そんなに俺のちんこが欲しかった？』

『んっ、気持ちいいっ、俺の中、瑞原でいっぱいになってる。もっと奥まで、早く』

腰を摑まれ、ゆっくりとした動きで突かれる。ゆるゆるとじわじわと、快感が背筋を遡《さかのぼ》っていく。慣れてきたところで、今度はいきなり前立腺を突き上げられた。

『ひぐっ、あっ、ああっ！』

隠しきれない大きな声に、廊下から「何あれ」「やだ」と蔑《さげす》みと好奇心の入り交じった声が聞こえてくる。

『永塚が女の子みたいに中でイカされるところを、本物の女の子たちに見てもらおうか？』

『だ、だめ……っ、それだけはだめっ』

『こんなに可愛くてエロいのに』

『俺のこと可愛いって言うの、お前だけ、だからあっ、ああっ、バカ！　イッちゃう、そこ突かれるとイッちゃう！』

両手で摑んでいた左足は、今は瑞原の肩にかけられ、腰を半分ひねったような松葉《まつば》崩《くず》しの変形の体位で深く突かれた。

『あっ、んんっ、あんっ』と女でも出さないような甘ったるい声が出てるのに、自分ではどうにもならない。

廊下からは「中を見ちゃおうよ」「誰がヤッてるの？」「やだー」と、声色がさっきとは違って好奇心いっぱいになっていた。

『やだっ、見られるっ、イクとこ見られるっ』

『見られて嬉しい？　興奮して俺のこと締めつけてる。凄く気持ちいいよ、永塚』

乱暴に奥を突かれていくうちに、快感でタガが外れる。

『はっ、あああんっだめっ、だめえっ、そこっ、ぐちょぐちょになってるっ！　俺、男なのにっ！　女みたいにイくっ、女みたいにっ！』

突かれるたびにぷるんと震える陰茎からは、とろとろと力なく精液が流れ、糸を引きながら床に落ちていく。

汗で濡れたワイシャツが乳首に軽く擦れるたびにオーガズムを感じているのに、その上、体の中の奥を突かれたら快感で頭がおかしくなる。

『可愛い永塚。メスイキしそう？　ねえ、メスイキさせてあげるからね？　そのまま漏らしちゃってもいいよ。可愛いメスイキと恥ずかしいお漏らしを、俺に見せて……っ』

『やっ、いや、いやだっ、だめだからっ、俺男なのにメスイキするっ！　男なのにっ』

『うん、凄く可愛い。これなら孕みそう。ねえ、俺の子供妊娠して』

ありえないほどの快感に頭の中をぐちゃぐちゃに犯されて、自分でさえ知らなかった性感

帯を使って感じるように調教される。

陰茎から精液を滴《したた》らせて「妊娠する」と泣き喚《わめ》いて、教室のドアが乱暴に開く音で頭が真っ白になって絶頂に達した。

真夏のグラウンドで延々と走らされたときのように、体中からだらだらと汗が滴り落ちる。尻を使っての自慰は賢者タイムが訪れづらいのか、永塚は「あ、ぁ」と軽く体を震わせたまま、快感の波が引いていくのを待った。

「すげえ……よかった」

今回の妄想場所は最高だった！　マジヤベエ！　ああでも、瑞原のちんこが想像上のものってのがツライよな。トイレでマジマジと見るわけにもいかねえし。プールに遊びに行ったときもじろじろ見られなかったし。同じ部活だったら、合宿の風呂で見放題だったんだよな。ああでも、俺は走り高跳びが好きだから、それを捨ててまでバスケ部には入れねえ。

とにかく今は、ローションと精液でどろどろになっているコンドームを外し、ティッシュペーパーで包み、かつ、ビニール袋に入れて厳重に口を縛ってからゴミ箱に入れた。

各部屋のゴミは、ゴミの日の朝に母が一階の階段下に設置する「指定ゴミ袋」に入れることが義務づけられている。部屋掃除をしたいが勝手に思春期の長男次男の部屋に入れないという母が悩んだ結果、こうなった。ちなみに末っ子の部屋は問答無用で母親に掃除される。

「ほんと……すげえよかった」

けど俺って、意外に露出願望あるかも？　あと妊娠願望？　うわヤベエ自分で引くわ。でもあれだ、きっと、「絶対にそういう状況にはならない」ってわかってる。妄想だから普段できないようなことをして興奮するんだ。だって俺、現実に学校の教室でセックスなんてしたくねえし。瑞原は俺のことを可愛いなんて言わねえし。……ああでも可愛いはねえかもな。

俺の顔はどうみても可愛いって顔じゃない。けど、セックスするとき結構言ってるんだよな。知識はマンガからのものなのですべてが正しいとは言えないが、でも永塚は、瑞原が自分を「可愛い」と言ってくれるなら受け入れようと思った。

「今日は楽しいことばかりで、ほんと、ラッキーすぎるわ俺」

今度は騎乗位を妄想してやってみよう。多分瑞原なら、俺を腹に乗せても普通に動けるはずだ。あの筋肉はダテじゃねえだろ。ああでもキスしてえなキス。そんなことしたら一発アウトだってわかってるけど…………あ、いいこと思いついた。

永塚はウエットティッシュでローションで濡れた自分の尻を拭いながら瞳を輝かせる。

「同じ大学、同じ学部、成人したら飲み会で酒解禁」

そしたら、酒癖が悪い振りして抱きついたり、キスを迫ったりできるじゃないか！　何俺、頭いいっ！　ただ問題は二年後でないと実現できないってことか。もし瑞原に彼女ができたとしても、酔っぱらいの友人にキスされたぐらいで動揺はしないだろう。しないでほしい。

ほんと、俺との付き合いをやめてくれって言うような女だけは彼女にしないでくれ。

自分でもバカだと思うけど、二年後の未来に向けて取りあえず念を送ってみた。


翌日の昼休み。

厳しい表情の邑野に連れられて、いつものメンバー（永塚・瑞原・初瀬倉・隣のクラスから引っ張ってきた仁瓶）は屋上に向かった。

落下防止の頑丈な網で囲われた屋上は、三年生限定の憩《いこ》いの場所で、みなコンリートの床にシートを広げて好き勝手に寛《くつろ》いでいる。

「今シートを敷くから」

備えのよい初瀬倉が大きなシートを広げ、彼らは屋上の端に陣取った。

「写真部から、三年生の卒業アルバムに使う写真を撮りたいと言われた。どの部活の三年も、写真部から逃れることはできない。ちなみに帰宅部はもうすでに写真を撮られたとげんなりしていた」

邑野が真顔で言う。

彼の弁当はスリムな体型に似合わない大きな弁当箱だが、すでに半分ほど腹の中に収まっている。里芋の煮っ転がしやこんにゃくのピリから炒め、照り焼きつくねなどの旨そうなおかずも、みるみるうちになくなった。

「女バスにもその話が来た。ただ、卒業アルバムとは別に、三年生のメモリアル写真というか、何か面白い写真集を出したいという話。うちは面白いから話に乗ったわ」

「乗ったのは陸上部の三年もそうなんだが」

初瀬倉の言葉に頷きながら言う邑野に、永塚は「俺は今聞いたぞ」と唇を尖らせた。

「俺は『一から十まで生徒の手で作る、教師検閲《けんえつ》の入らないアルバム』って聞いた。というか、元バスケ部三年の連絡網に、こんな感じ」

瑞原は自分の携帯電話を取り出して、SNSの画面をみんなに見せる。

「いいんじゃない？　そういうの。俺は賛成……なんだけど、利休がムッとしてるのは何なんだよ。まさか成績でも落ちたとか？」

仁瓶はさっさとシートに腰を下ろし、弁当箱の蓋《ふた》を開けながら首を傾げた。

「俺の成績が落ちるわけがない。そうじゃなく、あー……何だ、瑞原。城誠祭のイメージキャラの件でだな」

「前期で生徒会長を辞めたのに、まだ新しい執行部に頼られてんの？　利休。イメージキャラはいいよ、百歩譲ってやりますよ。でもね？　わけのわからない王子様コスプレはいやです。制服でいいじゃん。何だよ今の生徒会は。俺は着せ替え人形じゃない」

「……イメージキャラのことでまだ揉めてんのかよ。俺、その話は先月で終わってたと思ってたんだけど」

永塚は買ってきたお茶のペットボトルを開けて一口飲み、弁当の蓋を開ける。今日のオカズは豚肉の生姜焼きと厚焼き卵、柴漬け、というシンプルにして最高の弁当だった。

「先月まではそうだったの。そしたら副会長が『どうせなら、瑞原先輩にコスプレさせたい』って変なところで張り切っちゃってさー」

瑞原は心底うんざりした顔で言ってから、おにぎりを囓《かじ》って「あ、シャケだ」と笑顔を取り戻した。

「王子様はともかく、女バスは男装の歌劇団をイメージしたコスプレで集合写真を撮るみたい。面白そうだからノッたけど。女バレも同じ恰好をするんだって。何か楽しそうよね」

初瀬倉は可愛いウサギのバッグから、サンドウィッチの包みを取り出す。

「へえ、今日の初瀬倉は可愛いな」

その途端に、初瀬倉の頬が朱に染まる。邑野がサンドウィッチを見て発した言葉だとわかっていても、今の彼女にはあまりにも重大な言葉だった。

「よ、よかったらどうぞ」

「そうか！　では、遠慮なくいただくよ。旨そう」

そのひと言で、サンドウィッチの包みを持っていた初瀬倉の両手がブルブルと震える。

ああもう、頑張れ初瀬倉！

永塚は心の中で彼女を応援した。

「うまっ。このサンドウィッチ、俺の弁当より旨い。中に何が入ってんの？」

「ハムとキャベツのコールスローサラダ」

「へえ。旨いなこれ。そっちのは？」

「クリームチーズにキュウリとサーモンを載せた。よかったら召し上がれ」

「ありがとう！　これ、もしかして初瀬倉が作った？」

「うん。私が作った」

するとと邑野は爽やかな笑みを浮かべて「最高に旨い！」と彼女を褒め称える。

初瀬倉は嬉しさのあまりプルプル震えたままで、今度は永塚たちにサンドウィッチを差し出した。

「あの、よかったらみんなも……」

いや、いやいやいやいや。

彼女が食べてもらいたいのは邑野だけなのだ。とても旨そうなサンドウィッチだが、こっちに気を遣う必要などこれっぽっちもない。「わーい、じゃあもらうね」なんてそんな空気の読めないことをする男子生徒は、今ここには一人もいなかった。いたら抹殺する勢いだ。

「ありがとう。俺たちは気持ちをもらうよ。利休は細いくせに大飯ぐらいだから、初瀬倉と利休で食べればいいと思うんだ。ね？　二人で食べて？」

瑞原がキラキラとよそ行きの顔で微笑み、さり気なく「二人で」を強調してサンドウィッチを辞退する。

さすがは女子の気持ちがわかる男。

永塚と仁瓶は心の中で「瑞原グッジョブ」と親指を立ててみせた。

「何か悪いなあ。でも、初瀬倉の手作り旨いから、手が止まらない。こんなに旨いなんて知らなかったよ」

ああそうなのだ。邑野は知らないのだ。

初瀬倉が手作りクッキーを彼に食べてもらおうと学校に持ってきたが、恥ずかしくて渡せなかったことや、調理実習で作ったカップケーキを食べてもらおうとしたが、クラスメイトに先を越されて渡せなかったこと、邑野はこれっぽっちも知らないのだ。ちなみに初瀬倉が彼に渡せなかった菓子は、永塚と瑞原と仁瓶が内緒で美味しくいただいた。

「なあ初瀬倉、お菓子とか作れる？」

「作れる。よかったら、今度持ってくる」

初瀬倉の心中察してあり余る今にも爆発しそうになっている。クールビューティーと呼ばれる彼女がここまで可愛くなるなんて、恋愛って本当に凄い。

「ホント？　やった！　楽しみに待ってる」

「め、滅相《めっそう》もないっ」

初瀬倉が幸福と焦りで口調が変になったのを見て、今度は仁瓶が助け船を出した。

「そういえばさ、バスケ部は何のコスプレで集合写真を撮るんだよ。みんなでっかいから、軍服とか似合いそう」

仁瓶、よくやった！

初瀬倉は呼吸困難に陥《おちい》りつつもようやく水を一口飲んで、深呼吸を始める。

「ああそうだね、軍服か。だったら、女子みたいにバレー部と合同で軍服着ればいいか」

瑞原の軍服姿なんて最高じゃないか！　将校だろ将校。白い軍服に金モールの飾りが付いてて、白手袋なんだ。そんなヤツに微笑まれたら俺は死ぬ。昇天して天国に行けそう。マジヤバイ。こっそり写真を撮っておこう。軍服姿の瑞原とセックスする妄想しよう。やっぱ身分違いの恋だろ。時代物なら、ヘタしたら俺は体売って暮らしてるとか？　やべえ萌える。というかマジでヤバイ、空はこんなに青いのに、屋上はこんなに清々しいのに、俺は勃起しそうです。ヤバイヤバイ。

永塚は心の中で、もっとも自分の性欲から遠い存在である「可愛い弟たち」の姿を思い浮かべてクールダウンを試みる。

「でも、そうなるとどこの国とも関係ない、ファンタジー軍服だな。お前白い軍服似合いそう。ついでに城誠祭もファンタジー軍服着ればば？」

仁瓶は「いいアイデア」と言って、ハートの形に作られた卵焼きをほおばる。母親が高校生の息子の弁当に入れる卵焼きをハート型にするとは考えにくい。（これが娘や、小学生低学年までの息子ならわかるが）つまり彼の弁当は彼女の手作りとなる。

「やだよそんなの」

瑞原は大きなおにぎりが三つと、おかずの容器が別々で、ＳＮＳにそのまま画像をアップできるお洒落な弁当だ。姉と母が交代で作っていると聞いたことがある。

手作り弁当か。今度、「新しい趣味を見つけた。試作品だが食べてくれるか？」と言ったら、瑞原は食べてくれるかな。けどこいつが差し入れの弁当を食べてるところは一度も見たことないしなあ、どうなんだろ。一度ぐらい軽い口調で聞いてみるか。

永塚は、真剣な表情でおにぎりを食べている瑞原の横顔を見つめた。

「何？　永塚も俺の軍服姿を見たいの？」

「あー……まあな。それよか、陸上部の三年がどんな恰好をさせられるのかが不安、写真部が暴走しなけりゃいいけど」

それには邑野が答える。

「一緒に写真集を作る文芸部の三年、俺と一緒に生徒会を引退した連中だから、そこらへんはきっちり締めていくと思う。安心しとけ」

「わかった。どうしてもやるっていうなら、俺は女装じゃなく着ぐるみを着たい……」

「着ぐるみかあ、きっと可愛いだろうね」

「着ぐるみがな」

ほらまったく、ストレート君の無自覚。言ってくれるのは嬉しいけど、俺が可愛いわけがない。

なのに。

「ああうん、わかる。ギャップ萌え？　みたいな？」

初瀬倉がそう言って頷く。

「怖い爺《じい》さんが、可愛い犬を連れてるような？」

「そうそう」

仁瓶の喩《たと》えに邑野が頷く。瑞原だけは曖昧《あいまい》な表情を浮かべた。

「ハイハイ。好きに言ってろ」

中身を綺麗に食べた弁当箱に蓋をして、永塚はため息をつく。

「俺は普通に可愛いと思うけど」

ありがとうな、瑞原。俺を庇《かば》ってくれて。本当にお前はいいヤツだ。

永塚は「んー」と唸《うな》りながら首を左右に傾げている瑞原の肩を、そっと叩いた。

「やっぱり俺は、察してちゃんなんだろうか」

瑞原は、ファストフード店のテーブルに両肘をついて頭を抱える。

「どうでもいいけど、俺は今、久しぶりのデート中なんですけど」

「久しぶり瑞原君。私は気にしないから二人で話してー」

仁瓶はしかめっ面で文句を言うが、彼女は楽しそうに微笑んでいた。

「ありがとう、舞《まい》ちゃん。今度埋め合わせするから」

「私の方こそありがとうだよ。いつも面白い話を聞かせてもらってる。ねえ？　たっくん」

彼女の微笑みに「たっくん」はそれ以上悪態を言えず、口を閉ざす。

「せっかく……可愛いって言えたのに、スルーされた」

「まあ、それが普通の感情だろ」

「でも、俺が言ったんだよ？　俺が真剣に口説いたら、男だって心が揺れるでしょ？」

仁瓶は頬を引きつらせ、舞ちゃんは「ブフォッ！」と飲んでいたオレンジジュースを噴いた。二人とも失礼だ。

「だったら、ちゃんと相手の目を見て言えよ。『可愛い』って」

「そんな恥ずかしいこと、俺に言えるかよ。というか、気持ち悪がられたらアウトだって。もし告白して永塚に気を遣わせるのはいやだし、受験に失敗したら俺のせいだ。そんなの耐えられない。いやむしろ、俺の一生をかけてお前に償《つぐな》うってことにすればいいのかな。いやこれは重すぎる。……ともかく俺たちは進路は一緒だから……高校卒業したら同棲してもいいよな？」

「それを言うならルームシェアだろ」

ケホケホと咳《せき》をする彼女の背中をさすりながら、仁瓶がサックリと突っ込みを入れる。

「ああ、そうとも言うよね、ルームシェア。そしたら、そこから新たな感情が芽生えたりするよね？　俺、母さんと姉さんから家事を習おう」

「……最近、堂々巡りの会話が多いな、瑞原。お前の頭であれこれ考えるなよ。そういう、あり余った妙なパワーは、利休と初瀬倉のカップル誕生のために使おうぜ。ほんと、初瀬倉には報われてほしい」

仁瓶はさっさと話題を変えて、アイスコーヒーを飲む。

彼と付き合いの長い舞ちゃんは、利休が邑野のことを指しているのも理解しているようだ。

「堂々巡りで悪かったね。でも仕方ないだろう？　告白に失敗したら、俺は大事な友人を一人失うんだ。これって大事じゃないか。ちくしょう、どうして幼馴染みなのに恋愛フラグが立たないんだよ」

舞ちゃんが「同性同士だと難しいねえ」と優しく言ってくれたが、仁瓶は「お前の恋愛イベントが失敗しても、俺たちでせめて友人関係まで戻してやるよ」とぶっきらぼうに言った。

「たっくん優しい！　何それ、凄く恰好いいんだけど」

舞ちゃんは瞳を輝かせて仁瓶を見上げる。

「仁瓶はそういうところあるよね。ありがとう……。舞ちゃん、こいつは本当にいいヤツな

んで別れないでね。足は速いし顔はいいし、頭もそこそこいいし、なかなかの優良物件なんだって、俺の女友だちたちが言ってた。俺もその通りだと思う」

「それは大丈夫。任せて。他の女子にはたっくんの足跡だって渡さないから」

舞ちゃんは可愛い笑顔で、さらりと恐ろしいことを言った。

もしかしたらこの友人は、将来嫁の尻に敷かれるのかもしれない。

「お前、今のままだと永塚の卒業まで待てなさそうだから、あれだ、城誠祭で告白しろ」

「は？　来月じゃん！　来月なんて無理！　心の準備ができてない！」

「心の準備をしていたら、一生告白できないで終わるぞ！　お前、ゲイって言うよりは永塚がいいんだろ？　男じゃ永塚だけが好きなんだろ？　だったら、女子に取られる前に男を見せろよ」

仁瓶が両手を伸ばし、瑞原の肩を掴んで前後に揺さぶる。舞ちゃんも「そうだよ頑張って」と小さな拳を作って応援してくれた。

「あー……うん、そうかも。俺は、誰かに背中を押してもらわないとだめだったのかも」

「さっさと決めろ。いつまでもぐずぐず悩むな。男だろ」

「うん。玉砕したらあとはよろしくお願いします」

「だめになること前提かよ」

「常に最悪の状況を考えて行動しろって、前に利休に言われたことある……」

「利休か、じゃあ仕方ないな。とにかく、鈍感な永塚にも『もしかして瑞原は俺が好きなのか?』とわかるよう、あからさまに行動しろ。あと、俺はクラスが違うから、このことは利休と初瀬倉にも知らせておく必要があるぞ」

ハードルが高い。

多分、邑野は「まあそういう恋愛もある」と頷くだろう。三年近くの付き合いで、彼が目の前の現象を現象として受け止めてくれる度量があるのはわかる。問題は初瀬倉だ。恋愛中の彼女に自分の恋も応援しろなんて言えない。

うっと言葉に詰まった瑞原に、舞ちゃんが「ああ、女子ってわりとそういう話が好きだから大丈夫じゃない?」と言った。

それには仁瓶も「は?」と驚く。

「だって瑞原君、綺麗だから。問題ないと思うよ」

「舞ちゃん、それってもしかして『ただしイケメンに限る』ってこと?」

瑞原は両手で自分の頰を押さえ、「綺麗に生まれてよかった」と瞳を輝かせた。

「いろいろ好みがあるからイケメンに限るってわけじゃないけど、きっと大丈夫よ」

「そっか、舞が言うならそうかもな……」

ほわほわと瑞原を慰める舞ちゃんに、彼氏の仁瓶も深く頷いた。

「ありがとう。じゃあ俺、帰る!」

帰って、すぐに邑野と初瀬倉に伝えなければという使命感に燃えて、立ち上がる。

「頑張れ」

仁瓶はおざなりに手を振って、「世話のかかるヤツだ」と笑った。


「……というわけで、俺は永塚のことが好きなんです」

帰宅し、もの凄い早さで食事を済ませた瑞原は、さっさと自分の部屋に戻って携帯電話を掴み、邑野と初瀬倉をグループに入れて無料通話を開始した。

「どうした?」「何かあった?」と心配してくれた友人たちに、事の次第を曝露《ばくろ》した。

『初めて知った。そうか、頑張れ。永塚のことだから、もし告白が失敗しても普通に友人として付き合ってくれると思うぞ』

『……やっぱり、そうだったんだ。そっか、瑞原はわかりやすいから、もしかして……って思ってたんだよね。頑張ってね! 私も応援する』

邑野の言葉は予測の範囲だったが、初瀬倉の言葉には驚かされた。

瑞原は、他の女子にもバレていたら永塚に申し訳ないと思い、彼女に「女子にはもしかしてって思われてる?」と尋ねる。情けないが声が少し震えた。

『瑞原は顔が綺麗だから、男子と仲良くしてるだけでアレコレ妄想されてるの。だから気に

しなくていいよ。永塚とのことは、ほら、私たち一緒にいる時間が長いからもしかしてって勘が働いただけ。誰と誰が付き合ってるとか噂が出たら私のところに聞こえてこないわけないし。大丈夫』

「え？　あ、ああ……そうなんだー、うん。でもまあ、妄想とかは俺に被害がなければいいかな。……それよか俺、初瀬倉の情報網がめっちゃ気になるんだけど」

『私？　普通に、部活の友だちとか後輩たちとか、女の子には女の子のお付き合いがあるの』

自分も女子とは恋愛以外のお付き合いは普通にある。彼女たちは綺麗な男を連れて歩くのが好きなだけで、瑞原はアクセサリー扱《あつか》いなのだ。その代わり、瑞原も女子からいろんな話を聞ける。お互い様の関係だ。

『まあ、誰にでもそれなりのつてがあるってことだ。ふむ、それで？　告白の計画は？　城誠祭でというだけではわからない』

「城誠祭でとしか考えてないよ。当日にならないとわからないことが多いでしょ？」

『まあ、どんなアクシデントが起きるかわからないしな。ああそうだ、アクシデントと言えば、なぜか俺がミスター城誠の候補になった。さっきメールで城誠祭執行部というか生徒会から連絡が来た』

瑞原が「おめでとう」と言う前に、初瀬倉が悲鳴を上げた。嬉しい悲鳴なのだろうが、こちとらヘッドセットで聞いていたので耳が痛い。

「お、落ち着いて初瀬倉。落ち着いて！」

『わ、わかった！　うん、落ち着く！　利休頑張って！　絶対にミスターになって！　あ、瑞原も候補だった？　でも勝ってね利休！』

「いや、俺は今回、イメージキャラクターになったので、ミスター&ミスコンには参加しませんから。最後は来場者投票でしょ？　俺もメチャクチャ利休を応援するし！　みんなも応援するから、絶対に優勝するよー　利休は隠れファンが多いからさー」

『だよね？　利休優勝だよね。隠れファンはどうでもいいけど、票は入れてほしい』

ミス城誠の候補になっている初瀬倉は、自身の優勝に微塵《みじん》の疑いもなく、邑野の心配だけをする。

「あのさ、俺のことも応援してね？　あと、玉砕したらフォローをお願いします。一世一代の告白なので……」

『任せろ』

こういうときの、邑野の「任せろ」は安心する。

「多分俺、面倒臭いことになると思うけど、よろしくお願いします」

『大丈夫よ』

初瀬倉の優しい声が心に染みる。

彼らの勉強の邪魔はしたくないので、これくらいで話を切り上げようと思った。

「じゃあ、二人とも勉強に専念してください。俺はさっさと寝ます」

『寝ろ寝ろ。おやすみ』

『おやすみなさい、また明日ね』

受話器マークをクリックして通話を終了させる。

すると、初瀬倉から個人メッセージが届いた。


『みんなにはバレてると思うけど、ほんと、当人って気がつかない鈍感だよね。でも、私も頑張る。だから瑞原も頑張れ！　ともに城誠祭を笑顔で終わらせよう！』


彼女のメッセージを見て、瑞原は泣きそうになった。

初瀬倉、メチャクチャ頑張ってるじゃん。絶対に利休と恋人同士になれるって。頑張れ頑張れ、俺も応援する。応援しながら、俺も頑張る。

無性にやる気が出てきた。ネガティブな考えも払拭《ふっしょく》される。

「あー……永塚をぎゅって抱き締めたい」

携帯電話を充電し、デスクライトを消してベッドに寝転がった。

目を閉じると危ない妄想が広がっていくが、恋する思春期の男子なのだから仕方がない。

ドアには鍵をかけてある。枕元のティッシュも完璧だ。

「想像、だけだから」

そう言い訳してから、瑞原はごそごそとハーフパンツと下着を太腿まで一緒に下ろす。

シチュエーションは電車かなあ。こないだ教えてもらった痴漢物のビデオが最高だった。最高に興奮した。主演の女優がきつい顔をしたスレンダーな短髪美人で、どことなく永塚に似ているのが一番よかった。だから、今夜もそれに「お手伝い」をお願いしよう。

久しぶりに二人きりで遊びに出かけた帰り、休日の帰宅ラッシュに巻き込まれた車内。

永塚は時折しかめっ面をしながら、ギュウギュウと押されるのに耐えている。

『もっとこっちに来ればいいのに』

身長も体格も、瑞原の方が一回りも大きい。だからそう言ったのに、永塚は「平気だ」と意地を張った。

そんな可愛い意地を張ってると、大変な目に遭うんだけど。この電車、この時間帯は痴漢が出るので有名なんだから。

永塚は自分の周りに男性ばかりがいるのに気づかない。だがそのうち、目を見開いていきなりキョロキョロと辺りを見渡して、顔を少し赤くした。

きっと今、痴漢に触られたのだ。まさか自分がそういう対象だとは気づかずに驚きが勝っている。

ふと目が合ったので、わざと「どうしたの？」と聞いてやると、永塚は「何でもない」と小さな声で言ってそっぽを向いた。可愛い。

永塚は体を捩《よじ》ったり足の位置を変えようとしているが、結局位置を移動することはできずに俯いてしまった。

瑞原は永塚の体が見えるように少し移動して、彼の身に何が起きているのか確かめる。

デニムジャケットの下に着ていたTシャツがたくし上げられて、両側から伸びた二つの手に悪戯《いたずら》されていた。スリムパンツが足の付け根まで下ろされて、露出させられた性器も、幾つもの手で撫で回されている。

永塚の周りに立っている男たちはみな痴漢で、集団で彼の体を嬲っていた。

男が痴漢に遭うなんて、恥ずかしくて助けを呼べないのだろう。永塚は唇を嚙み締めて、自分の体を這《は》い回っている手の動きに耐える。

必死に耐えている顔が可愛い。可愛くて、つい苛めたくなる。

瑞原はそっと永塚に近づき、そっと手を伸ばして彼の下腹を撫でた。

そして耳元に「知らないヤツらに触られて感じてるの？」と囁いてやると、慌てて顔を上げ、瞳を潤ませる。

『違う、俺……っ』

『でも、ここを弄られてとろとろになってるよね？　永塚は自分に触ってくれるなら誰でもいいんだ』

そのまま、つと指先を滑らせて、他人にゆるゆると扱かれて先走りを滲《にじ》ませている陰茎の先端を撫で回す。永塚が切なげに眉を寄せ、ピクンと腰を揺らした。

それに気をよくした他の痴漢たちの手が、嬉しそうな手つきで永塚を責めていく。興奮してふっくらとした乳輪ごと乳首を強く摘み、先端を指で引っ掻くように悪戯され、同時に後孔に指を入れられた永塚は、「あ、あ」と掠《かす》れた声を上げて感じていた。

『ここは満員電車で他にも人が乗ってるのに、そんな声出していいの？　見られてるよ。永塚のやらしいところ、全部見られてる』

『やだっ、俺……違う……っ』

『知らないたくさんの男に犯されて感じてるんだ。可愛い永塚。でも、それだけでいいの？』

車内には、とろとろの陰茎を扱くくちゅくちゅという卑猥《ひわい》な音が響き、新に参戦した手が、永塚の両手をネクタイで縛って車内のポールにくくりつける。

筋張った、バランスのとれたしなやかな身体が公衆の面前に晒《さら》されるのを見て、瑞原は酷く興奮した。

『あっ、あぁっ、やだ、見るなつ、は、ぁっ、そこ、やだ、やだ……っ』

痴漢たちの手で下半身を裸にされ、誰かがそこにローションを垂らす。たくさんの手で強引に勃起させられた性器をギャラリーたちに視姦された永塚が、ようやく「瑞原」と声を出した。

『なあに？』

『こいつらじゃ、いやなんだっ、お前じゃないとやだ』

『そうなの？　俺でいいの？』

『初めてが痴漢なんてやだ。瑞原がいい。ずっと瑞原にしてもらいたかった。俺のこと、めちゃくちゃにして』

永塚の少し釣り上がった大きな目から涙が零《こぼ》れる。

ああもう、本当に可愛い。涙を掬《すく》い取るように目尻にキスをして、彼の体を抱き締めた。

妄想世界の痴漢たちなのでみな素直に引き下がり、ギャラリーへと変化する。

『うん。じゃあ、永塚の恥ずかしいところをみんなにも見てもらおうね？』

『あっ』

『見られてるだけで、こんなにおちんちんとろとろにして、ぴくぴく揺らして、可愛い。おっぱいも可愛く膨らんだね。これならブラジャーもできるよ。今度、女の子の恰好で電車に乗って、いろんな人に痴漢してもらおうか？』

永塚は小さな喘ぎ声を出しながら身悶《みもだ》えるだけで、抵抗をせずに快感を甘受《かんじゅ》している。

素直でいやらしくて、見られて興奮する少し変態的なところが凄く可愛い。

柔らかな尻はすぐに瑞原の陰茎を飲み込んで、「もっと、もっと」と泣きながらねだった。

『永塚ってこんなにやらしかったんだ。ねえ、本当に初めてなの？　何でこんなに、体の中が柔らかいの？』

『一人で、中、弄ってたから っ、いつも瑞原に突っ込まれること、想像しながらっ、一人で弄ってた、だから、も、いっぱい動いて、頼むから、奥まで突いてっ、みんなが見てる前で、俺をイカせて、瑞原……っ』

こんなことを言っちゃうんだ。ほんと、エロくて可愛くてたまんない。人に見られながら俺にイカされたいんだ。いいよ、何度でもイカしてやる。ガンガン奥まで突いて、俺の形を覚えさせるから。

『みずはらぁ……』

『中でイキたい？　だったら女みたいに孕めよ。みんなに見られながらガンガン突かれて、俺に何度も中出しされて、ぐちょぐちょの体で孕めよ？　なあ、陽登』

名前を呼ばれた永塚は、「ああ」と嬉しそうに体を震わせる。

ギャラリーたちの、ごくりと喉を鳴らす音が聞こえる中、瑞原は延々と永塚を突き上げた。

『子供できる、男なのに妊娠する』と言われるたびに興奮し、何度も中で絶頂させた。

「……はあ」

体にじわりと汗をかいた。

我ながら変態的な妄想だったと思う。だが最高だった。

俺は「寝取られ属性」はないから、痴漢のちんこが永塚に突っ込むことは絶対にないけど、ちょっとぐらいの悪戯なら許すんだよな。あと、公衆の面前でのプレイは、実は……ちょっとやってみたい。恋人同士のプレイなら、痴漢でも大丈夫だよな？　でなかったら、深夜の公園で、永塚に恥ずかしい恰好でオナニーさせたい。恥ずかしくて泣きそうなのに快感には逆らえないっていうのが、最高に可愛い。あいつの顔って、首輪も似合いそうなんだよな。生意気顔ってホント、最高すぎる。あと、潮噴かせたい。泣くまでフェラしたい。学校のトイレでメスイキさせて、俺の子供を産みたいとか言ってほしいなあ……。

……と、ここまで妄想を思い描いたところで、己の性器が硬く復活した。

「二度目かよ。いいぜ、今度は体育倉庫でメスイキしちゃう永塚を妄想しながらやろう」

どんなにいやらしいことをしても、泣かせても、苛めても、全部妄想だから許してね。ホントはとっても愛してる。

瑞原は心の中で永塚に「ごめんなさい」と頭を下げた。

それから数日は、何事もなく無事に過ぎた。

土日を挟んだ月曜日には、いよいよ城誠祭のポスターが貼り出され、校内は徐々に祭りの雰囲気に染まっていく。

瑞原は結局「制服でなら」と信念を曲げず、生徒会が折れる形で城誠祭のイメージキャラクターとしてポスターに彩《いろど》りを添えた。

「お前ら、イベントが近づいて浮かれる気持ちはわかるが、ここで浮かれてると後に響くからな？」

午後のショートホームルームで担任が腰に手を当てて言う。

「自分が三年だってこと、忘れるなよ？　あと、どの屋台をやるか考えてるか？」

城誠祭は、一、二年がパフォーマンス、三年生は飲食系を受け持つ。発端は知らないが、これが城誠祭の伝統となっている。

「五組の屋台が一番旨いと言わせせられるように頑張れよ」

屋台は男子にとっては「あんな重そうな木材を手際よく使うなんて！」「率先して動いてくれるなんて頼りになる。彼氏にしたい」、女子にとっては「手料理が旨そう！　あの子に弁当を作ってもらいたい。というか彼女にしたい」と、公の場での一斉アピールタイムになる。

受験や就職で神経をキリキリさせるだけでなく、三年生だって恋がしたい。思い出彼氏や思い出彼女でもいい。とにかく、祭りで一花咲かせたい。だって残り少ない高校生活だから。

なので、生徒たちは「はーい頑張ります」と無邪気を装いつつ、水面下で己の牙を研《と》ぐ。

クラス委員が「先生もこう言ってくださったことだし、うちのクラスは何を作る屋台にするか、第三希望まで決めたいと思う」と挙手して立ち上がった。

「焼きそば！」「お好み焼き」「フランクフルト」など定番が上がるが、女子の一部から「クレープ！」「ワッフル！」など可愛い系スイーツの名が上がる。

黒板に食べ物の名が並んでいき、クラス委員の「腹が減ってきた」の言葉に、教師を含めた男子生徒たちが「わかるわー」と同感の声を上げた。

俺は「牛串」とか「豚汁」がいいなあ……と永塚がぼんやり思ったところで、邑野が手を上げ「おにぎり」といい声で提案した。

教室が一瞬静まり返る。

だが次の瞬間、みな一斉に「それいいね！」「他の組が総菜で来ても売れるよ！」「焼きそばとおにぎりは合うぞ！」など好き勝手言いながら賛成する。

「さすがは利休と言うべきか。だとすると注文するソフトドリンクはお茶一択がいいかな」

クラス委員はうむと頷き、続けて「問題はおにぎりの握り方と、中に入れる具だな。出来たておにぎりを提供したいもんな。先生、釜はどうしましょう？　やはりレンタル？」と尋ねた。米があっても釜がなくては炊けない。

「委員会議で発表するのが先だな。釜のレンタルは決定してからでも大丈夫だろう」

教師の言い分はもっともで、クラス委員は「そうでした」と頷く。

「大丈夫だとは思うが、取りあえず第二希望と第三希望も用意しようと思う。案を出してくれないか？」

するとと数人の女子が「体にいいジューススタンドとかは？」「レシピを作っておけば誰でも作れるし」と、実にお肌とベンピ解消にいいことを言った。

男子は「炭水化物が欲しいな！　焼きそば！　定番にして王道！」と言う。

「わかった。じゃあ、イチ押しはおにぎりで、あとはジューススタンドと焼きそば、と。これでいいかー？　みんなー。自分たちの力で作るんだぞ？」

クラス委員の最終確認に、生徒たちは「オッケー」「わかったー」「まあどうにかなるだろ」と好き勝手な台詞で頷いた。

「ねえねえ、これから撮影があるんだよね？　瑞原」

「見学していい？　ね？　バスケ部のコスプレ。恰好いいのを着るんだって？」

下校の時間になった途端、女子の群れが瑞原の周りに集まった。

彼女たちは頬を紅潮させ、瞳をギラギラ（決してキラキラではない）と輝かせて詰め寄る。

「んー……どうだろう。俺じゃ答えられないから清瀬に聞いてみて」

女子たちが「えー」と可愛らしく頬を膨らませているところを、瑞原は「ごめんねー、また後でね？」とにっこり笑って席を立つ。

相変わらず見事な女子捌《さば》きだ。

「永塚たちは明日だっけ？」

女子を無視した瑞原に問われて、永塚は軽く頷く。

「そう。ほんと、今年の写真部と文芸部はわけわかんなくて面白いわ」

写真の何枚かは引き伸ばしてパネルにし、城誠祭に彩りを添えるのだと言われた。

永塚たち陸上部は問題ないだろうが、バスケ部は大変だなと思う。

あれだな、きっと瑞原のパネルの取り合いになるんだろうな。俺には見える、女子たちの激しい争いが。

「文芸部と演劇部が衣装を調達したそうだ。凄い情熱だわ」

「うん。それでさ……」

瑞原が何か言おうとしたようだが、教室に顔を出した海老沢の「おーい、永塚、ちょっと」のひと言で口を閉ざした。

「何ですか？　海老沢先生」

「この間の進路の話で、聞きたいことがあったんだ。進路指導室に来てくれないか？」

彼は女子生徒にモテる。

以前初瀬倉に「初瀬倉が男子になったら、エビちゃんみたいな感じかな」と言ったら「失敬な」と怒られた。顔が整っている方向性が同じというか、瑞原のような派手さはないが、大人の魅力と冷静さが、女子高生にはたまらないのだろう。

「え？　まだ何かありましたっけ？」

「あるんだ。だから来てくれ。俺は先に行ってるからな」

海老沢は軽く手を振って、女子生徒たちに「きゃー」と黄色い声を上げられながら教室から出て行く。

「気を付けて。何なら俺がついていってもいい。俺に聞かれたくない成績の話なら、両手で耳を塞いでます」

「何言ってんだよ。お前んとこは写真撮影だろ？」

「あーもー！　そうだけどさ！」

「俺のことを心配してくれてありがとうな？　けどほんと、そういう危ないこと起きるわけないし。ここ学校だぞ？」

「でもね」

瑞原がずいと顔を寄せ、キスができる距離になる。

彼は永塚を見下ろして「心配させてくれよ」と切なげに眉を顰《ひそ》めて言った。

その言い方！　とんでもないな、ノンケの破壊力！　お前が俺のことを好きなんだって錯覚するわ。心臓がドキドキ言ってる。もうちょっとこのままでいたいけど、さっきから女子の視線が痛いので我慢する。

永塚は「近いって」と笑いながら一歩後退った。

「じゃあ、帰りは一緒に帰ろう?」

「俺、そのまま図書室で自習なんだけど」

「俺も勉強するから……!」

「そっか。そこまで言ってくれるなら、一緒に勉強するか? いくら一足先に受験が終わっても、遊んでばっかりいると大学講義においてかれるからな?」

途端に、瑞原の眉が八時二十分の時計の針のようになる。可愛い。

「自習していくのか? だったら俺たちもそうしよう。な? 初瀬倉」

「賛成」

邑野と初瀬倉が顔を見合わせて頷く。

「ねーねー! 今日って男バスの写真撮影だよな? 見学したーい!」

隣のクラスから仁瓶が転がり込むように教室に入ってきた。

「見学者は別にいらないんだけど! 見学者がいてもいなくても、俺が一番恰好いいのは当然だし。写真写りもいいし、あと……」

「いやいや。いやいやいやいや、俺は瑞原の面白い恰好が単純に見たいだけだ」

仁瓶に真顔で首を左右に振られた瑞原は、「酷いなもう!」と言って永塚の肩に額を擦りつけて甘える。

だから、だーかーらー！　このノンケ！　自らラッキースケベを仕掛けてくるなよ！　俺の心臓が破裂するだろ！　死んだらお前と二度と話せなくなるじゃないか！　そうなったらどうしてくれる！　このバカ野郎！

永塚は心の中で罵りつつも、ぐりぐりと押しつけてくる額は絶対に外さない。

「そういえば、さっき廊下でエビちゃん見たけど何かあった？」

仁瓶は五組の女子に「バイバーイ仁瓶君」と声を掛けられて、笑顔で「バイバイ」をする。

「ああうん、進路指導室に呼ばれた。まだ何か話があるんだと」

「まじか。何だろエビちゃん。キモいね」

あっけらかんと言う仁瓶に、瑞原は「俺が一緒についていくから」と宣言する。

「永塚一人の方がいい」

邑野は、両手を使って「もっと近づけ」とジェスチャーし、「その方が相手は油断する」と囁いた。

「何を喋るかわかんないけど、油断した状態でベラベラ喋らせればいいのよ。念のために携帯で会話を録音しておけば？」

初瀬倉はそれがさも当然のように言う。女子凄い。ちょっと怖い。

「そこまで思いつかなかったわー」

「だってあの先生……女バスの先輩と付き合ってたのに、卒業したらすぐ別れたのよ。双方納得で別れたって聞いたけど、でもね、私の勘が納得いかないって言ってるの。なんかねえ、もっと裏がありそうなのよ」

周りを確認してから、初瀬倉は低く小さな声で言った。

何だそりゃ。というか、生徒と教師が付き合っていいのか？　いや、卒業するまで節度を持った態度での交際なら……ってわけじゃねえよな。卒業して別れたってことは、「女子高生」と付き合いたかったってことだろ？

永塚は徐々に表情をしょっぱくさせた。

「ほら。だから俺が言ったでしょ？　よくない噂がある教師だって。俺やっぱりついていくから。永塚に何かあったらいやだ」

瑞原も、初瀬倉に倣《なら》って小さな声で言ったが、彼は態度が大胆だった。永塚は瑞原の両手で右手を握られて、教室に残っていた女子は「いやーん」と黄色い声を出し、男子たちは「お前ら結婚しちまえー」と笑いながら野次《やじ》を飛ばす。

できることなら本当に結婚したいんだから！　お前らの言葉は俺の心臓にザクザクと突き刺さる矢だぞ！　俺に弁慶《べんけい》の立ち往生をしろと！　ほんと、ノンケってヤツらは！

永塚は心の中でクラスメイトたちに悪態をつくと、瑞原の手が自然に離れるまで待った。勿体なかった。本当に勿体なかった。瑞原の手は大きくて少し固くて、筋張っていてとてもエロい。またしても心のオカズストックができた。

「ガキじゃあるまいしさー、俺一人で大丈夫っていうの」

「だったら、ドアの前で待ってる。それならいいよね？」

「それなら……まあうん、別にいいけど…………俺ってそんなに頼りねえ？」

「そうじゃなく、そうじゃなくて……」

瑞原は首を左右に振って、なぜか視線を仁瓶や邑野に向けた。釣られてそっちを向くと、邑野が「ここは教室だぞ」と至って当たり前のことを言う。意味がわからない。

なのに瑞原まで「そうだった。ここは教室だったね。すっかり忘れてたよ。まだみんな残ってるし……」と言って、ガックリと肩を落とす。

「は？」

「とにかく、永塚はさっさと用事を済ませてこいよ。俺たちは先に図書室に行ってる。……で、瑞原はどうする？」

邑野の問いかけに、瑞原は「先にバスケ部三年の写真を済ませる。さっさと終わらせて、進路指導室のドアの前で待ってるから」と言った。前半は邑野、後半は永塚を見ながら。

「まあ、好きにしろよ」

ほんと、ノンケの考えてることはよくわかんねえけど、でも、一緒にいたいと思ってくれるのは凄く嬉しい。

永塚は瑞原の肩を軽く叩き、指定バッグを小脇に抱えて教室を出た。

進路指導室は職員室の隣にある。

いくら窓があるとはいえ、こぢんまりとした空間に教師と二人でいるのは息苦しい。

「海老沢先生、この間話したこと以外に、何か大事な話ってありましたか?」

志望校は伝えた。担任も「これなら大丈夫だろう」と頷いてくれた。

一応、第二希望と第三希望も伝えてある。

「うん、ここに呼んだのは、進学のことじゃないんだ」

にっこりと微笑む海老沢を見て、永塚は眉間に皺を寄せた。

「あの……」

「変なことじゃないよ。写真のことなんだ。写真部と文芸部が主体になって同人誌みたいな三年本を出すみたいだけど、それとは関係ないから」

この前頼まれたものか。なるほど。でも同人誌ってなんだ?

海老沢は笑顔のまま、いつの間にか携帯電話を摑み、カメラ機能で永塚のしかめっ面を撮っている。シャッター音で我に返った。

「何してるんですか、先生」

「こういう、普段の永塚の顔も撮っておきたいと思って」

「部活の写真を撮るんじゃなかったんですか？」

「うん。それも撮ろうと思ってる」

そう言いながら、海老沢はシャッター音を響かせながら永塚の写真を撮る。

何だこれ。何だよこれーっ！　何か、最高にキモいんだけどっ！　この先生は何がしたいんだ？

「あの、勝手に撮るのやめてください」

「あ、ああごめん。つい興奮してしまって……！　本当はちゃんとしたカメラで撮りたいんだけどさ、写真部の連中に何か言われそうで、ちょっといやなんだよね」

いやまず、勝手に写真を撮られた俺の気持ちを考えろよ、キモ教師！

永塚はしかめっ面のまま、海老沢に「今の写真、消してください」と言った。

「え？　どうして？　勿体ない」

「勝手に撮ったんですよね？　俺の許可なく撮ったってことは、盗撮と同じですから」

「永塚君、目の前にいたじゃないか」

「教師が屁理屈《へりくつ》言わないでください」

「……永塚君はキツイなあ。消しますよ。……はい、ほら消した」

海老沢は携帯電話のギャラリー画面を永塚に見せながら画像を消した。

「撮りたいときは、まず、言ってください」

「そうするよ。ところで明日の撮影には俺も参加するからよろしくね？」

「……俺の仮装が正規の卒業アルバムに載るんですか？　それはいやです」

「いやいや、その前に普通に部活しているところを……」

「俺もう引退してますけど。あと部活中の写真なら、この間、写真部顧問の東堂《とうどう》先生に見せてもらって……、あの、本当のことを言ってください。俺の写真を何に使うんですか？」

「ごめん。俺の個人的な思い出に撮っておきたくって」

おいちょっと待て、今何つった？

永塚は眉間に皺を寄せるだけでなく、太腿の上に置いていた両手の拳を握り締める。

「と、いうのは嘘だ。ただ、東堂先生に『いい写真があるなら載せてあげますよ』って言われてカチンと来てしまってね」

「……俺、帰っていいですか？」

「まあまあ、大人の事情もいろいろとあるんだよ。……君の体はバランスがいいから、言い被写体になると思っているんだ」

食えないヤツだと、永塚は相手が教師だということを忘れてそう思った。

淡々と、冷静にふざけたことを呟いていて、どこか胡散《うさん》臭い。

女子を被写体にして噂が立ってしまったら困るのだろうが、体のバランスがいい男なら、他にも大勢いる。というか、永塚は自分が選ばれた本当の理由を知りたかった。

「じゃあ、もう帰っていいよ。明日はよろしくね」

問おうと口を開きかけた瞬間に、海老沢は永塚からすっと距離を置いてそう言った。

こんちくしょう。

「先生……っ！」

「受験生の大事な時間を使ってしまって申し訳なかったね」

はい帰りなさいと、手を振られたところに食い下がるのは難しい。大きな声で尋ねて騒ぎになるのは避けたい。

ああもう面倒臭えな。

永塚が乱暴に席を立ったところで、いきなり海老沢に右手を摑まれた。

「そうやって怒ったり拗《す》ねたりする君の顔を、卒業と同時に見られなくなるのは寂しいね」

「は？」

「実の弟のように見ていたんだ。こんな可愛い弟がいてくれたらいいなあと思っていた。叶わない夢だがね。さあ、もう行きなさい。俺に構わずにね」

そういえば、このまえも手を握られたっけな。この人、手フェチか？　それとも指フェチ？　というか……俺を可愛いって言った？　言ったよな？　言ったよなーっ！

海老沢が手を離してくれてよかった。そうでなかったら、力任せに振り払っていた。

「失礼します」

ああもう！　何なんだあの教師！　俺は瑞原にしかときめかない瑞原専用のゲイなんだよっ！　他のゲイはお呼びじゃないっての！　………え？　ゲイ？　………あれ？

今何か、大事なことに気づいたような気がした。

だがそれは、こっちに向かって駆けてくる「美形の将校」の登場で綺麗さっぱり消えた。

下駄箱に向かおうとした女子たちが黄色い悲鳴を上げ、はしゃぎ、職員室から教師が出てきて「静かにしなさい」と叱るが、騒ぎの元を見て「これは、仕方ないか」と肩を竦める。

「永塚！　今、休憩時間！　遅くなってごめん！　話は終わった？」

純白の軍服に金モールの飾りがよく似合う、ファンタジー世界の麗《うるわ》しい軍人。

軍帽や、足の長さを際立たせるように履いた黒のロングブーツも決まっている。

ああ俺の将校様だ！　何なんだお前！　俺を萌え殺す気かよ！　最高だな！

永塚は、「瑞原先輩恰好いい！」と言って泣きながら携帯電話で写真を撮っている女子たちと同じように、瑞原の仮装を携帯電話で激写した。

真剣だから真顔だが、それが女子たちから「ちょ、この人も先輩？」「何か真顔で怖い」と文句を言われた。

そうだ悪いか、こんな恰好いいヤツを写メるんだから真顔にもなる！

すっかり開き直って、「おい、自撮りすっぞ」と、瑞原の肩に腕を回して写真を撮る。上

目遣いがあざとい、可愛い瑞原の写真を手に入れた。

「まだ撮影が残ってんの。俺、あと三十分ぐらい拘束されそう」

「だったら、図書室で待っててやる。勉強したいし」

「撮影現場を見学してくれてもいいんだけど」

見学したいさ！　そりゃあしたいよ！　だがな、出来上がった三年仮装本を見るって楽しみが半減したらどうするんだよ！　ああ心が揺れる！

永塚は心の中で桃色の台風を起こしながら、冷静に「勉強が大事」と言った。

苦渋の決断、断腸の思い。

瑞原も何となくわかっていたようで、「そっか。じゃあ、待ってて」と言って、両手で永塚の右手をぎゅっと握り締め、今来た道を戻っていった。

女子たちが彼の後ろをぞろぞろとついていく。

それを見ていた教師が「ハーメルンの笛吹きか」と突っ込みを入れたのに、思わず笑った。

きっと体育館は凄いことになっているんだろうな。へへっ、ぎゅって手を握ってくれるなんて。何だよ瑞原、可愛いなあ。ノンケでも大好きだ。愛してる。これからもオカズにさせてくれ！

永塚は瑞原に握り締められた手を見つめて幸せに浸《ひた》っていたが、あることを思い出した。

「エビちゃんにも触られたんだっけ」

いやもう、あの教師に「ちゃん付け」はいらないだろう。エビでいいだろう。さっさと手を洗っておけばよかった。でもまあ、瑞原の手で上書きされたと思えばそれはそれで……。にやける顔を必死に元に戻し、永塚は図書室に向かった。

自習室としても活用できる図書室は、体育館の次に大きい。

校舎の横にわざわざ別棟として建てられた三階建てで、「図書室」というのは単なるあだ名で、図書館と言っても過言ではない。いやむしろ、図書館だろう。

これは城誠高校の自慢の一つで、生徒たちも喜んで活用している。

図書室を運営しているのは学校側だが、実際は各学年一クラスから二人選出された三十六名の書籍を愛する図書委員が購入貸し出し管理の一切を行っており、書籍購入に関しては生徒からのアンケートを重視しつつ、各趣味に通じるマニアックな書籍を揃える努力をしている。

自習エリアは「図書室」の二階にあり、単独用に低いパーティションで仕切られている机がずらりと並んだ一番端に、グループで自習できるスペースがあった。

基本は「静粛《せいしゆく》に」だが、質問や解説を小声で行う分には文句は言われない。

そのグループスペースに邑野と仁瓶と初瀬倉がいた。

彼らは参考書や問題集を広げ、ノートに答えを綴《つづ》っていく。

……周りからは、そのように見えた。

彼らとて、最初はちゃんと自習をしていたのだ。

していたのだが、ここにはいない二人のことがどうにも気になって、我慢ができなくなってしまった。

『さっきの、教室での瑞原の行動は、ちょっと大胆すぎたと思う』

初瀬倉がノートの端に綺麗な文字でサラサラと書いていく。

それを見た二人が「おう」「だよね～」と返事を書いた。

『男子はわかんないと思うけど、女子は勘が鋭いから』

すると邑野がおもむろに「そうなのか？」と声にした。低いがよく通る声だったので、周りの生徒が一斉に彼に注目する。

邑野は「すまん」と右手を上げ、拝《おが》むような仕草で周りに頭を下げた。

『利休、気を付けろよなー』と、仁瓶がノートに書いて見せる。

『ホントにねー。……で、私、一つわかったことがある』

初瀬倉はそう書いてから、わざわざピンクのマーカーでノートにハートをいっぱい書いた。

邑野と仁瓶は互いに顔を見合わせて首を傾げる。

『永塚は、瑞原に手を握られても自分から振り解かなかった。振り解かれるのを待ってた』

書き終え、そして彼女は微笑した。

今まで数えきれないほどの男子のハートが射貫《いぬ》かれた微笑だ。

『それって……永塚も瑞原のことが？　え？　マジで？』

仁瓶もペンを赤に変えてハートを飛ばした。

『今まで、何となく引っかかっていた永塚の些細《ささい》な行動が、今日の出来事で全部繋がったような気がするの。永塚は瑞原が好きなんじゃない？』

『女子こえー』

『でも、まだ憶測だから。もし永塚の今までの行動が行きすぎた友情だけで、恋愛感情がまったくなかったとしたら……』

『大惨事だな……』

初瀬倉と仁瓶の文字での会話がハイスピードで進む中、邑野だけが「解《げ》せぬ」という表情で腕を組む。

「どうした？　利休」

仁瓶の囁き声に邑野は「女子の勘が鋭いのは、他人のことに対してだけなのか？」と同じく囁き返した。

初瀬倉はノートに「そういうものじゃない？」と書く。

『だとしたら、もしかしたら俺の行動は、他の女子から見たらあからさまで、とてもわかりやすいものなのかもしれないいな』

衝撃的な邑野の文字に、初瀬倉は彼の言葉の意味を摑みきれずに動揺し、仁瓶は何をどうフォローしていいのかわからずに沈黙する。

その何とも微妙なタイミングに、永塚が自習室に入ってきた。

空気が重い。

どんな難しい問題を解いているのか知らないが、初瀬倉と邑野は難しい顔をしているし、もともと付き合いでここに来ていた仁瓶は、飽きて携帯電話を操作している。

真面目に問題集を解いているのは自分だけだ。

「……なあ、利休。ここの問題なんだけど」

数学の問題集を指し示しても、邑野は「うむ」と呟いたきり黙り、だったら初瀬倉にと視線を向けたら、今にも泣きそうな顔で俯いている。

え？　おい、何があった！

叫べない永塚は、慌てて隣に腰を下ろしている仁瓶を小突《こづ》き、初瀬倉を指さした。

「ここから出よう」

仁瓶の囁き声に、永塚は頷いてノートを閉じる。仁瓶は初瀬倉のノートや問題集をまとめて、彼女のバッグに突っ込んだ。

二人とも初瀬倉に話しかけなかった。

何か言ったら、彼女が泣いてしまいそうだったからだ。


「あ、利休を置いてきちゃったけど、まあいいか」

校舎一階の中庭のベンチに腰を下ろし、仁瓶は「えへへ」と笑う。

「俺は、あの空気の重さについて話を聞きたいんだが」

永塚は「ほれ」と初瀬倉に紙パックのいちご牛乳を手渡した。

「利休の好きな人って誰かなあ……」

「は？」

「うっ……」

いちご牛乳の紙パックを握り締めたまま、初瀬倉がポロポロ涙を流し始めたので、永塚は慌てて、自分のブレザーの袖で彼女の目元を拭う。

「利休がさ、自習してるときに『女の勘が鋭くて、相手の一挙手一投足で恋をしているかわかってしまうなら、俺はきっとあからさまなんだろうな』みたいなことを言ったわけよ」

「うわ。それって……利休に好きな子がいるってことだろ？　あいつ、そんなことひと言も言ってない」

「俺だって聞いてないよ」

永塚と仁瓶は顔を見合わせ、仲良く首を傾げた。

「でも、絶対に好きな子がいるんだ。どうしよう私……ずっと昔から好きだったのに、さっさと告白しないから、こんなことになった。覆水盆《ふくすいぼん》に返らずー」

「なっ！　ちょっ、おい、それ意味が違うから。混乱するな」

永塚は、声を上げて泣き出す初瀬倉の顔を、再びブレザーの袖で擦りながら突っ込みを入れる。

「だったらもう、ここで白黒ハッキリ付けちゃおうぜ。初瀬倉、お前は美人で頭がよくて、結構面白いし料理も上手い。だから万が一のことがあっても、将来に期待しろ。いいな？」

仁瓶はそう言って、渡り廊下から中庭に下り、こっちに向かってきた邑野を指す。

「そうだな。それでスッキリしちゃえばいい。もし振られたとして、そのあと友だち付き合いしづらいっていうなら、女友だちといればいい。何なら、俺か仁瓶か瑞原がしばらく傍にいてやるから、安心しろ」

邑野の後ろから、手を振っている瑞原の姿も見えた。

「二人して……私が振られること前提だなんて酷い……っ」

「常に最悪の事態を想定して動け、だろ？　これで上手くいったら万々歳じゃないか」

仁瓶は胸を張って言う。

「何で俺を置いて先に行くかなあ……って、初瀬倉泣いてるの？」

邑野の顔から暢気《のんき》な表情が消えていく。

そして彼は、彼女の顔をブレザーの袖で拭っている永塚に鋭い視線を向けた。その瞬間、永塚と仁瓶と瑞原は、邑野は初瀬倉が好きなのだと確信した。

「お前さあ、永塚、まさか初瀬倉を泣かせてないよな？」

声が低くて刺々《とげとげ》しい。

永塚は誤解だと首を左右に振る。

「じゃあ、誰が泣かせたんだよ。初瀬倉が無意味に泣くわけないだろうが」

「今来たばっかりの俺が言うのもなんだけど、もしかして、利休のせいで泣いちゃったんじゃない？」

ナイスだ瑞原！

仁瓶と永塚は、瑞原に親指を立てて見せた。

「え？　俺？　俺……初瀬倉が泣くようなことしたか？　もしくは言った？」

邑野の顔から険しさが抜け、冷蔵庫の奥でしんなりしてしまったホウレンソウのように弱々しくなった。

「ち、ちがうの、わ、私、その……っ」

初瀬倉は首を左右に振り、続きの言葉を言おうと唇を震わせる。

いつものクールビューティーではなく、涙と鼻水で酷いことになっている女子高生になっているが、永塚は今の彼女が一番輝いていると思った。

頑張れ初瀬倉。俺は相手に告白なんてできないけど、お前の恋愛は思いっきり応援したい！　とにかく、思っていることを言ってしまえ！

両手の拳を握り締め、息を呑む。

「私っ、利休のことがあっ、違う！　邑野君がっ！　ずっと好きでしたあっ！」

だめだ、完結しちゃだめだ！

いつもの初瀬倉ならこんなミスは絶対に犯さない。

仁瓶と瑞原が慌てて「終わってる終わってる！」と指摘しても気づけないほど、初瀬倉は狼狽《うろた》えている。

「なあ初瀬倉」

「は、はいいっ！　ごめん！　友だちだよね？　わかった！　友だちで行こう！　私に恋愛感情ないのわかったから！」

「違う違う。その、何というか……俺は初瀬倉のことが好きで、これからもずっと好きでいたいんだけどだめか？　初瀬倉は完結したままでいいの？」

利休が赤くなったところを初めて見たかも！　何だお前、そのだらしないほど幸せそうな顔はっ！

　やたらと首の後ろに右手を回してるのは、きっと首が痛いんじゃなくて照れによる挙動不審なのだろう。釣られて永塚も照れ笑いをしてしまう。

「私も、ずっと好き……っ」

「俺も好きだ。初瀬倉明理さん、俺と末永く付き合ってください」

「喜んで……っ！」

　邑野は、嬉し泣きで大変なことになっている初瀬倉を抱き締めようとしたが、ここが学校であり、友人たちの目の前であることに気づき、ブレザーを脱いで彼女の頭に掛けてやった。

「くっそ利休！　恰好いいな！　くっそ！」

　仁瓶はそう言って笑った。

「初瀬倉はずっと利休のことが好きだったのに、何で気づかなかったの？」

　瑞原のもっともな問いかけには、「初瀬倉は美人で頭がよくて、運動神経もよくて、料理まで上手いんだぞ。俺と付き合ってくれるわけないじゃないか」という返事が返ってきた。

「意味わかんねえ。俺たちでもわかるほど、積極的だったのに。……利休ってもの凄い鈍感だったんだな」

　永塚の呆れ声に、瑞原も「ホントだよ！」と頷く。

「でもまあ……これで俺たちは肩の荷が一つ下りた」

「え？　他にも何かあるのか？」

ふうと息を吐く仁瓶に、永塚が尋ねる。

「ないよ！　よく言うじゃないか！『肩の荷が一つ下りた』って！　慣用句だよ！」

「いや仁瓶、それ違うだろ」

「つい口から出ちゃったってことだよ。俺の肩は利休や瑞原と違って華奢《きゃしゃ》だから、荷物は一つしか載りませんって」

仁瓶は「それより今日は、俺たちはさっさと帰らなくちゃならないぞ！」と話を変えて、まだ首を傾げる永塚の腕を引っ張って中庭を後にする。

「え！　待ってよ！　ちょっと！」

瑞原も置いていかれまいと、あとに続いた。


「多分、明日にはもう噂になってると思う」

下校しながら、仁瓶は携帯電話を操作して彼女の舞ちゃんに今日の衝撃を伝える。

「噂っていうか、むしろ付き合ってなかったのか？　って驚かれて終わりじゃね？　あとは『城誠高校創立以来の秀才カップル』って肩書きが増えるだけだ」

まさか自分が告白の場面に遭遇するとは思わなかったが、収まるところに収まってよかっ

た。外見を気にせず、一生懸命告白した初瀬倉は可愛かった。利休と二人で幸せになってほしい。あーあいいなあ。俺も幸せになりてえ。瑞原と仲良く登下校して、手作りの弁当食べて、キスするほど顔を近づけて話して……なんて！　やってみたい！　お泊まりとかしたい！　って無理なのわかってるから！　俺は一生、童貞で処女か。妖精どころかユニコーンになれるわ……。

脳内では、早くも邑野と初瀬倉の結婚式になっている。

永塚は、披露宴で余興を行う自分たちの姿を想像して小さく笑った。

「何笑ってんの？　何か面白いものあった？」

瑞原が顔を覗き込んでくる。

ああそうだった。面白いもん、あったわ。

「なあ、バレー部とバスケ部のファンタジー軍服写真って、携帯に撮ってねえの？」

「永塚と撮ったあの一枚だけだよ。撮影中は、東堂君がうるさくてー」

写真部顧問を「君付け」で呼び、瑞原はうんざりした顔を見せる。そんな顔も可愛い。

「マジか。俺たち明日なんだよな？　城誠祭が終わった後にしてくれないかなあ」

「野球部とかテニス部は、城誠祭の後だって。文芸部の部長が、人数が多すぎて準備がまだ終わらないって言ってた」

「あー、うちの野球部は坊主じゃないから、部員が多いんだよなあ」

「あと、普通に強いよ。何年かに一度は甲子園に行ってるし」

「そっか。俺、野球にあんまり興味ないし」

「そういや永塚は、球技大会のときはバレーかバスケだったよね」

「お前ら何なの？　付き合ってるの？　距離近いし、さっきから俺を無視して二人で楽しく話しちゃってさー」

仁瓶が文句を言いながら、指定バッグで二人の尻を叩いた。

「だってお前、舞ちゃんと楽しそうにやりとりしてたじゃないか。こちとらひとりもんなんだからねー。これだから彼女もちは」

「そーだそーだ」

「女子にモテるヤツもうるせえよ！」

永塚は瑞原の尻を叩く。固く引き締まった尻なので、むしろ叩いたこっちの手が痛い。

でもラッキーだ。どさくさ紛れに触れた。男らしい筋肉質の硬い尻。

「小学生じゃあるまいし……。それより、永塚は大丈夫なのか？　エビちゃんに進路で余計なこと言われた？」

図書室では何かを話せる雰囲気でも、そういう場所でもないから黙っていたが、仁瓶は気を遣ってくれたのだろう。

「あの甲殻類《こうかくるい》、ちょっとヤバイな。生徒相手に何をしたいんだろうって思った」

仁瓶は「甲殻類」に笑ったが、瑞原は「セクハラ？　いや、相手は教師だから、アカデミックハラスメント？　俺たち高校生だから違う！　セクハラだろ！　何されたの？」と、詳細を何も聞いていないのに怒り出す。

ほんと美形の怒り顔は綺麗で眼福《がんぷく》だ。

携帯電話で動画を撮りたいくらいだ。そんなことをしたら気味悪がられて終わりだけど。でも俺には、お前のファンタジー軍服の写真があるからな！　あれはいっぱいプリントアウトして取っておこう。

そんなことを思っていたが、瑞原が「やっぱり俺がついてればよかった」と落ち込んでしまったので、慌てて「大丈夫だ！」と慰める。

「東堂先生と張り合いたいのか、俺の写真が欲しいのか、どっちなのかはわかんないけど、写真を撮られるだけなら、まあいいかなと」

「よくないわー、それ。キモイ。それに明日は陸上部の仮装撮影会なんだぞ？　今時は、男子生徒も教師に襲われるんだから気を付けないと」

仁瓶がきつい調子で話に入ってきた。

「あれだ、ニュースでたまに見る、『教師が教え子の男子生徒に淫らな行いをした』ってヤツだ。あれさ、淫らな行いって響きがいやらしい」

瑞原は怒るのをやめて、「エロい」と言った。

「お前の顔でそう言うことを言うなよ。通りすがりの女子の夢が壊れるだろ」

「俺は王子様でもアイドルでもないんですけど。ただの男子高校生なんですけど」

ムッとした顔で言い返す瑞原に、背後から「君、ちょっといいかな?」とスカウトらしき人物から声が掛かった。

いつものことだ。

「あ、すみません。俺、芸能界には興味がありません。声を掛けてくださってありがとうございました」

瑞原は相手の話を聞いてから笑顔でそう言うと、歩き出す。

永塚と仁瓶は、彼を追いかけるようにあとに続いた。

「お前、だんだん断るのが上手くなってきたな」

「そりゃあ数えきれないほど声を掛けてもらってるからね」

「スカウト側じゃきっと、『どこの事務所が獲得するか』って賭けしてるぜ」

「俺は〜、もっと料理が上手くなったら〜、永塚に獲得してほしいですぅ〜」

女子のマネをしながら、大きな男がクネクネ動く姿はバカバカしくて、永塚も仁瓶も「ぶふっ」と噴き出した。

「俺、自分より背の高い女子は、ちょっと……」

「こんなに可愛いのに?」

「自分で言うなよ。キモいな！」

永塚は笑いながら瑞原の足を蹴る。

「瑞原、お前、いつまで一緒についてきてんだよ。お前の家は向こうだろ！」

仁瓶は永塚の肩に腕を回し、「じゃあまた明日な！」と笑った。

もう少し一緒にいたい気持ちがあったが、帰り道ばかりは仕方ない。永塚も「気を付けて帰れよ？　涼子ちゃん」と手を振る。

「なっ！　酷くない？　今日はいいことがあったんだから、もっとこう、どっかに入って語るとかさー！」

「バカタレ。お前らは終わってるが、俺の受験は来年だ。学祭は来月。今年はもう二ヶ月しかねえ。そうそうフラフラしてらんねえっての」

「そうだけどさあ」

「お前だって、やることはあんだろ？　いつまでも体を鈍らせてんじゃねえよ。バスケしろ、バスケ」

「一緒にやろうか！」

「ふざけんなよ。俺がお前に勝てるのは足の速さだけだぞ、クソイケメン。俺と同じ大学に行きたいなら、俺の言うことを少しは聞けよ」

ちょっと図々しかったかな、この言い方は。……って、何で瑞原が嬉しそうに笑っててんだ？　仁瓶は仁瓶で変な顔してるし。俺、そんなにおかしいこと言ったか？　別に、瑞原に告白なんてしてないし？　俺の気持ちがバレるなんてありえないし！

永塚は内心ドキドキしながら、二人の友人を交互に見る。

「よし、仕方がない！　今日は俺が瑞原に付き合ってやる！　永塚は帰ってしっかり勉強しろ！　いいな？」

さっきまで自分の肩に乗っていた手が、今度は瑞原の肩に乗った。いいなあ。俺もあんな風に気軽に、肩に腕を回したい。でも仁瓶の方が背が小さいから、ぶら下がってるみたいで恰好悪いな。

「ははっ」と歯を見せて笑う。

そうだった。瑞原とのめくるめくキャンパスライフを楽しむためには、今は我慢が必要だ。

「じゃあな！　瑞原も、あんまり仁瓶を引き留めるなよ？」

さり気なく手を振る。「いいなあ」なんて、顔には絶対に出さない。瑞原が何か言いたげにこっちを見ていたが、きっとあれだ、まだ話し足りないってヤツだ。

永塚は笑顔を見せてから、彼らに背を向けた。


「どうして俺は仁瓶と向き合ってハンバーガーを食べてんだろう」

切ない。だが腹は減るので、ハンバーガーはすぐに腹に収まった。

「だってお前、利休と初瀬倉が恋人同士になる瞬間を見ちゃってんじゃん。あの勢いのまま、永塚に告白しそうで怖かったんだよ俺は」

仁瓶はそう言って、ポテトを口に入れた。太めでホクホクのポテトは旨そうだったので、瑞原も自分のポテトを口に入れる。旨い。特に、付属のハニーマスタードソースにつけて食べると最高だ……なんて思っている場合じゃなかった。

「いくら俺でも、そんな無謀なことはしない。あっちは男女。だけどこっちは違うだろ」

「じゃあさ、あの妙なテンションで何がしたかったんだよ」

「………セクハラ」

「は？」

「甲殻類にされたセクハラの内容が聞きたかった」

仁瓶はぽかんと口を開けて「甲殻類？」と呟いたが、すぐに海老沢のことだとわかって、またしても「ぶふっ」と噴いた。

「具体的に何をされたのか、何を言われたのか、俺は一つも聞《き》いてないです」

テーブルを叩こうとしてすんでのところで手を止めた。

いつものことだが、さっきから店内の女子が、ちらちらとこっちを見ている。騒ぎを起こしたらＳＮＳで拡散されるに違いない。それによって永塚に軽蔑《けいべつ》されたくなかった。

「ううう……大声で怒鳴りたい……っ」

「モテ男はいろいろ大変だな。……でもまあ、永塚自身は悩んでるように見えなかったからいいんじゃない？　あいつの悩み顔って普通と違うから。マジで怖いから。真顔すぎて怖いから。大学生のＯＢが遊びに来たときあの顔になったんだよ。好きな先輩じゃないどころか、嫌われてた先輩だったからな。そのせいで退部したヤツも何人かいたし。なのに、永塚に『うちの大学でも陸上やれよ』ってしつこくてさー。だからか永塚は人殺しでもしそうな顔で『あいつら面倒臭え。腹立つのに殴れねえ』って言って、隣にいた仁瓶君は失禁しそうになりました」

「悩み顔が殺人者って、ちょっと……」

「いやほんと、あの時傍にいた二人の後輩なんて、顔が怖くて目に涙を浮かべてたから」

「えー……いいなあ、俺はそういう顔の永塚は見たことない。何でさあ、小学校から一緒の俺は見てないのに、高校からつるんだ仁瓶は見られるんだよ。不公平だ」

「まあ、俺と永塚は中学から陸上の大会でよく顔を合わせてたしな」

「種目が違うのに？」

「おう。すげえ飛ぶヤツだなあ凄いなあって思って、俺から話しかけた。そしたらあいつも、めっちゃ足の速いヤツがいるなあって、俺のこと覚えてたんだよ。嬉しかったな」

「部活の話になると、俺は入っていけないんだけど」

わかってはいるけど、やっぱりちょっと寂しい。ただ、自分もバスケをやめて陸上をやればよかったなんて考えにはならない。やりたいことが違っても、今まで友だちでいられたんだからそれでいい。でも、あまり部活の話が続くと、気分はよくない。

瑞原はつまらなそうに首を傾げてポテトを口に入れ、リスのように少しずつ囓《かじ》った。

「そのあからさまな態度はやめろ。お前の知らない永塚のことを語ってやってんのに」

「そうだけど。……俺んところにウザイOBいなくてよかった」

「永塚な、結構瑞原のこと褒めてた」

初耳だ。

直《じか》に「凄いな」は何度も言われたことがあるが、こうして人づてに聞くと照れ臭い。

「え？　恰好いいとか？　綺麗とか？」

「お前の冗談は面白くないんだけど」

「ごめん。もう何も言わないから続けて」

両手を合わせて「ね？」とウインクをしたら、カシャカシャとシャッター音が響いた。

周りにいた女性たちの手には、いつの間にか携帯電話が握られている。

「何なの？　周りにいる女子たちも何なの？　みんなキモイ」

仁瓶は「俺まで撮られた」と文句を付け足した。

「すみませんでした……」

「仕方ないから続けてやる。……部活頑張ってるとか、もともと食が細かったのに頑張って食べられるようになってよかったとか、面倒臭くなく人付き合いができて羨ましいなとか、いろいろ」

「そのいろいろの部分も聞きたいんだけど」

「え？　言っていいの？　じゃあ言うけど、あれで頭がよかったら完璧だとか、漢字が書けないのに読めるって逆に凄くね？　とか」

「あの、もういいです。俺泣けてきた」

瑞原は両手で顔を覆い、首を左右に振る。

上げて落とすってこんな感じ？　大学はもう受かったけど、でもやっぱ、高校生のうちにもう少し勉強しようと決めました！　俺も、受験勉強するみんなと一緒に勉強する。難しい漢字を書けるようになりたい。あと数学頑張る数学。

心に決めた。

好きな相手に褒めてもらいたい。きっかけはヨコシマだが、これで自分の頭がよくなるならいいだろうと、瑞原は開き直る。

「でもまあ、初瀬倉も言ってたけど、脈はありそうだ」

「マジか？　ホントか！　ああでも、確信が持てるまで告白できない……！」

「俺は、いつも女子にいい顔をしているお前が、そうやって永塚の一挙一動に動揺する姿を見られて楽しい」

「何それ、酷い。仁瓶には舞ちゃんっていう可愛い彼女がいるからいいじゃん。それに、一人の女子と長い間愛を育《はぐく》んでる仁瓶はめっちゃ恰好いいと思うんですけど」

本音を言うのは少しばかり気恥ずかしいが、今ならいいだろう。そんな気がする。

仁瓶は「あ、そうなの？」と笑顔になった。

「当然だろ。利休は初瀬倉と恋人同士になったたし。いつまでもモダモダして何もできない俺が、世界一恰好悪い。でも、永塚に迷惑かけたくない」

「そういうところは常識人だよな、お前。前にも言ったけどさ、永塚ってお前に告白されて受験がだめになるようなメンタルじゃないと思うぞ？」

「わかってる。きっとそうだ。ただ俺が臆病なだけで……」

「気持ちはわかる。俺も告白して付き合い始めた口だから」

そうなのか！　初めて聞いた！　中学生のときに告白して延々と続く愛の道？　みたいな？　ずっと一緒にいたいと思える相手を中学生でゲットしたお前は凄いヤツだよ仁瓶！

瑞原は「お前は凄いよ」と言って、仁瓶に笑いかけた。

「みんなお姫様ゲットだよ。……俺のお姫様は王子様でした」

ほんと、そりゃ一体どの世界のお伽噺《とぎばなし》だよ。ああでも、百年ぐらい未来になれば、そういうお伽噺はできるかもな。俺はもう死んでるけど。いやむしろ転生してるかも。未来の、王子様しか出てこないお伽噺を読んでみたい！　映画でも観たい！　俺と永塚があと百年遅く生まれてたら、ハッピーエンドで話が終わってたかも。それを考えると、この時代の俺たちって悲劇の恋人同士？　いやいやいやいやいや、まだ恋人同士にもなってない！　これから頑張るんだ俺は！　永塚に迷惑はかけたくないけど、でも、何もしないで終わりたくない！

あれこれ考えているうちに表情が引き締まってきた。

仁瓶も気づいたのか、「最近見た顔の中じゃ、一番イケメンになってるぞ」と言って笑う。

「うん。何か、考えがまとまって気持ちがスッキリしてきた。俺、永塚に告白してみようと思う。いつまでもこんな風にグダグダしてても仕方ないんだ。初瀬倉だって、あんな真っ赤な顔で、泣きながら頑張ったんだから、俺も頑張る。きっと頑張れる」

頭はすっきりしたが、両手がぷるぷると緊張に震えた。

試合前でもこんな緊張しなかったのに。

「む、武者震い……」

「武運を祈る。ここは初瀬倉の言ってた女性の勘とやらに頼れ」

「うす！」

瑞原は調子に乗って敬礼し、またしてもこそこそとこっちを窺《うかが》っていた女子たちに激写された。

久しぶりに兄弟一緒に入った風呂上がり、兄ちゃん兄ちゃんと笑顔で絡まっていた弟たちは、母親に「お兄ちゃんはこれから勉強があるのよ」と言われてふて腐れた。

頬を膨らませて、黙って両手を振り回している姿は可愛いし、父はそれを見て笑っているし、母親は「もう」と腰に手を当てて呆れている。

いつもは聞き分けのいい次男も、最近の長男の付き合いの悪さに不満を露にしていた。

「今はあまり構ってやれないのは本当にごめんな？　城誠祭に遊びに来いよ。兄ちゃんが案内してやる。約束だ」

「ほんとに？　ねえ兄ちゃん、涼司兄ちゃんも一緒？」

「そういえば、最近うちに遊びに来てくれないね。俺も会いたいなあ」

引っ越しする前までは頻繁に遊びに来ていた。だが高校に入学して、瑞原がバスケ部に入部すると、途端に永塚家から足が遠のいた。仕方がない、部活で忙しかったからだ。

「そうだな。俺から瑞原に頼んでみるよ」

ありがとう弟たち。高校最後の城誠祭は、最高の思い出になりそうだ。

永塚は「やった！」と無邪気に喜んでいる弟たちの頭をヨシヨシと撫で回し、自分の部屋に向かう。

今日は仲間内に新たなカップル誕生というめでたい日だし、今日のノルマの問題集もいい感じに終わらせることができるだろう。

長男のプライバシーを保護してくれと心の中で呟いてドアに鍵を掛けた永塚は、ベッドの上に放っていた携帯電話が点滅しているのを見て慌てた。

一体どこの誰だと思いつつも、できれば瑞原がいいなと祈る。

液晶画面には瑞原のＳＮＳメッセージが入っていた。やった！

『起きてるかと思って電話したんだけど、出なかったからメッセ残しておく』

十分前のメッセージ。既読して慌てた。確かに着信も入っている。

永塚は受話器マークをタップして、携帯電話を耳に押しつけた。コール音が聞こえる。

『はっはい！』

四回目のコールで、電話の向こうから瑞原の慌てた声が聞こえた。

「俺、永塚。悪いな、さっきまで弟たちと風呂に入ってた」

『大丈夫。俺も、中途半端な時間に連絡してごめん』

「へーキだって。で？　どうした？　今日は仁瓶と盛り上がったんだろ？」

よっこらしょと、ベッドをソファ代わりにして腰を下ろし、リモコンを使って部屋の照明を消す。

こうして電話をすると、瑞原がすぐ隣で囁いているような錯覚を起こしてゾクゾクする。

本当に、俺の隣で囁いてくれたらいいのになあと思いながら、永塚は瑞原の言葉を待った。

『結構楽しかった！　盛り上がった！　ほんとなあ、今日はびっくりしたよ』

「初瀬倉の頑張りは凄かった。いざとなると、女子は強いな」

その強さにあやかりたい。ほんとあやかりたい！

永塚は心の中で初瀬倉を拝みながら、小さく笑う。

『うん、強い。それに何てったって女バスの主将だからさ、恋の３Ｐ《スリーポイント》を綺麗に決めた』

「何だそれ！」

『いやいや、明日は絶対そう言われてるって。それで利休の方は、初瀬倉のハートを文字通り貫いた、と』

「利休は槍投げの選手だったしな」

『あの二人なら受験も問題ないだろうし、凄いカップルだよなあ』

「そうだな。……で？　瑞原は何の用だ？」

『あ、ああ！　そうそう！　あのな、明日さ……』

「明日は陸上部三年の仮装撮影だってわかってる」

面倒臭いし、何の恰好させられるのか未だにわからないし憂鬱《ゆううつ》だ。

永塚は面倒臭そうにため息をつく。

『そうだっけ。女バスと女バレはあさってとか言ってたな……』

「そっちは人数が多いからな。陸上は男女一緒に写真を撮るみたいだ」

『何時に終わるかわかる?』

「あ? すぐ終わるんじゃね? 記念写真みたいに撮るだけだろ?」

『俺、帰り待ってるからさ! あと見学させて!』

「好きに見ればいいよ。グラウンドにカーテンなんて引けねえし」

お前みたいに恰好いいとは言えないけどさ。でも、そう言ってくれるとちょっと嬉しいな。

暗闇でニヤニヤ笑って入る永塚は、どこから見ても立派な変態だが、誰も見に来たりしないので変態のままでいい。

『俺も個人的に永塚と一緒に写真撮りたい』

ああもう! ほんと、このノンケは! 俺を喜ばせることばっかり言いやがって! 大好きだっ! 愛してるぞ!

顔のニヤケ度が本当に危ない。嬉しすぎて大声で笑い出しそうだ。取りあえずは、ベッドに転がってみる。

「俺も仮装したお前と写真撮ったもんな。いいぞ、一緒に撮ろう」

『やった!』

こちらこそ、ありがとうございますっ!

『じゃあもう切る。受験勉強頑張って』

「あ、ああ……ありがとう」

簡単に切れてしまった。もっと長く話したかったけど、俺の受験を心配してくれてるなら仕方ない。我慢する。

リモコンで照明をつけると、眩《まぶ》しくて目を細めた。

「頑張れと言われたから、頑張って勉強しよう」

さすがに「声が聞けたからオナニーしてから寝よう」とは思わない。

永塚は、携帯電話に保存してある瑞原のファンタジー軍服の写真をじっと見つめた。キスしたいが、したらしたらで羞恥で爆死しそうだ。でも、ちょっとだけなら。やっぱやめよう。どうせなら、いつか本物にキスしたい。

「さてと」

永塚はぐっと伸びをして、勉強するために机に向かった。


壁に耳あり障子に目ありとはよく言ったもので、邑野と初瀬倉のカップル誕生については、翌日の登校途中ですでに語られていた。

クラスメイトは「おはよう」を言う代わりに「利休と初瀬倉だって！　凄い！　永塚は知

ってた?」と何人も集まってくる。

朝っぱらから面倒臭かったので、「瑞原の方が詳しい」と言ったら何人かの女子は顔を赤くして「照れるからだめ」と言った。

そうか、俺になら平気で言えるのかよと心の中で突っ込みを入れながら「お前らも頑張って彼氏を作れ」と言ったら怒られた。

初瀬倉に憧れていた男子たちは「相手が利休じゃ仕方ないよな」と己を慰め、「俺も恋と受験を両立させる」と意気込む。ちなみに一、二年は男子も女子も「初瀬倉さんは彼氏がいても初瀬倉さんです。憧れ続けます」という気持ちに固まったようで、おそらく彼女は「ミス城誠」の三冠を達成するだろう。

「噂の広がり方が、お手本のようだな」

仁瓶は、休み時間のたびにクラスメイトにあれこれ聞かれるのが面倒で、永塚たちの教室に避難してきて、とうとう昼休みになった。

渦中の人たちは大したもので、いつもと態度がまったく変わらない。

「もう寒くなったから、これから弁当は空き教室で食べようか?」

「前期までなら生徒会室が使えたけど、利休は引退しちゃったしね」

邑野と初瀬倉はそう言って弁当を頬張る。

てっきり初瀬倉の手作り弁当が二人分と思っていたのに、永塚はそうでないことにガッカリした。

仁瓶など「弁当はお揃いじゃないの？　舞ちゃんは週に二回、俺に弁当作ってくれるよ？　舞ちゃんは料理が旨いし、作るのが好きっていうのもあるけど」と思ったことを口にした。

「そこらへんは緩く行こうと決めたんだ。頑張りすぎると途中で息切れするだろう？　俺たちは俺たちのペースでやっていこうと決めた」

邑野が言う横で、初瀬倉はうんうんと頷いている。

「俺はそれでいいと思う。というか、二人とも頑張って。俺は二人を参考にしたい」

瑞原はすっきりした顔でそう言うと、おそらく姉が作ったのであろうファンシーな色合いの弁当を食べ始めた。

すると邑野と仁瓶は数回瞬きをして「そうか。頑張れ瑞原」と拳を握り締める。

「は？　何の話だ？　何か頑張るのか？　瑞原」

「うんそう。ウジウジ悩むより玉砕覚悟で行動する方を選んだ。ここまでが長かったんだ」

やけに清々しい笑顔をしやがる。……でも一体何だろう。瑞原が悩んで決めるって何なんだ？　そもそもこいつに悩みなんてあったのか？　常に人生イージーモードなのに？　昨日の電話でだって何も聞いてない。でも、利休や仁瓶は知ってるみたいだし……。まさか、恋愛か？　誰かに告白でもするのか？　こいつがそこまで悩むほど、相手はハイスペックなのか？　……ああうん、そうだよな。告白って言ったら女子にだよな。この高校で初瀬倉以上の女子なんて知らねえから、他校かそれとも年上か。でも別に、俺には関係ないから！　だって俺の恋は一生片思いだからな。俺が瑞原に告白されるターンなんてあるわけがない。むしろストレートの瑞原には幸せになってほしいし！　……でも、目の前でいちゃいちゃされたり、ノロケを聞かされるのはちょっといやだな。知らないうちに瑞原の彼女を嫌いになってたらどうしよう。もしかしたら、みんなで遊びに行くこともあるかもしれないし。仁瓶もたまーに彼女の舞ちゃんを連れてくるしな。

そこまで思って、永塚の箸《はし》が止まる。

瑞原の彼女を嫌いになって当然じゃないか。片思いだけどずっと好きなんだ。目の前でいちゃつかれるぐらいなら、俺は一緒に遊びに行かねえ。男だけの集まりのときだけ参加すればいい。ああもう、瑞原が振られればいいのに。そしたら俺が慰めてやるのに！

「………黒いな」

思わず呟いた言葉に、仁瓶が「海苔《のり》か？」と首を傾げた。

「いや、母親がイカスミパスタを作ったときのことを思い出した」

咄嗟《とっさ》の嘘だったのに、初瀬倉が「美味しいけどお店で食べられないよね」と話に食いついてくる。

「俺は食べたことがないな」

「俺も。食べ物は赤色やオレンジ色や茶色がいいな。食欲を刺激される」

邑野と仁瓶に、瑞原が「うちの姉が一度作ったのを食べさせられたけど、俺はミートソースの方が好き」と加わった。

その後は、みな「どのパスタが好きか」で盛り上がり、昼休みを終えた。

胃がキリキリする。

永塚は右手で制服の上から胃の辺りを撫で回した。

「具合悪い？」

瑞原が目ざとく聞いてくる。ああうん、お前のせいでな……なんて言えないので、食べすぎたかもしれないと笑って見せた。


部室はもう後輩たちに引き渡したので、引退した三年生たちは家庭科室で衣装に着替えた。ちなみに女子は隣の理科室で着替えている。

「……なあ利休、怒っていいか？　なあ怒っていいかな？」

永塚は眉間に皺を寄せて、他の三年生とともに邑野に詰め寄る。

「奇《き》をてらっただけだ。こうでもしなければ、華やか尽くしの男バレと男バスに勝てない」

「勝つのは試合だけでいいだろ」

「ならば言葉を変えよう。陸上部三年の印象を他の生徒たちの脳裏に焼きつけたい」

その言葉に、三年生たちはがっくりと肩を落とし、「俺たちのリーダーは利休だった」と目頭を押さえる。

「体操部ならともかく、俺たちにこれが似合うのか?」

永塚は燕尾《えんび》服で腕を組む。

衣装は似合っているのだが、悲しいことに頭にウサギ耳のカチューシャ、尻にはウサギの尻尾がついている。小道具は金縁の鼻眼鏡と懐中時計。

他の連中もなぜこの恰好? と思っていたが、女子が入ってきてわかった。

女子は全員水色の膝上のふわふわワンピースを着て、縞《しま》模様のニーソックスにストラップシューズを履《は》いている。

「わかった! 不思議の国のアリスだ! 男子可愛いじゃん!」

女子たちがキャーキャーと騒いで、ふわふわのペチコートを揺らした。

女子に可愛いと言われて嬉しい男子などいない……と思っていたのに、みんなまんざらでもない顔で頭を掻いている。

そこにひょっこり瑞原が顔を出したものだから、女子のボルテージは最高潮に達した。

「まさか、革靴を履いて全力疾走するとは思わなかった。しかも追いかけてくるアリスもスプリンターってどうよ」

おそらく男子の中でもっともウサギ耳が似合っている仁瓶が、タオルで顔の汗を噴きながら笑う。

「俺なんかこの恰好で、シルクハットを持たされて跳んだんだぞ？　出来上がった写真が怖いわ。見たくねえ」

「すっごい笑顔で飛んでたよ、永塚」

「見学です！」と堂々と言ってすんなり周囲に溶け込んでいた瑞原が、携帯電話で撮ったデータを永塚に見せた。

「へえー。これがどう加工されるのか楽しみだな」

永塚は羞恥に頬を染めるが、仁瓶は感心している。

「それより、ハードルを全速力で越えていくたくさんのアリスって圧巻だ」

邑野が指さした先には、百メートルハードルを颯爽《さっそう》と越えていく青いワンピースと白いペチコートが見えた。

それを、プロの写真家のように撮影していく、東堂顧問率いる写真部。

「みんな高そうなレンズで撮ってるなあ……」

感心する永塚の横で、瑞原が「バスケの撮影のときもそうだったけど、俺は、よく衣装を揃えたなと思った。企画した写真部・文芸部と、他の部の連携が凄い」と手放しで褒める。

「あ、そうだ利休。お前のウサギ姿を撮ってやるよ。初瀬倉に送っとく」

「おう、悪いな」

邑野は、仁瓶の構えた携帯電話の前でポーズを作る。いつものことながら、写真を撮るときはいつも真顔だ。

「永塚、俺も君の写真を撮りたいんだけどいいかな？」

声がすぐ後ろから聞こえてびっくりしたら、そこには海老沢が立っていた。手にはなかなか立派なカメラを持っている。

「海老沢センセ！」「エビちゃん！」と女子生徒から笑顔で手を振られるが、彼は軽く手を上げて挨拶しただけで終わる。キザだ。

「構いませんけど……」

「あの！　そんないいカメラがあるなら、俺も一緒に写してください！」

「だったら俺も記念に」

「よろしくお願いしまーす！」

瑞原がよそ行きのキラキラ笑顔を浮かべて、永塚の右腕に両腕を絡めて密着する。反対側には邑野と仁瓶が同じく密着した。

「言っておくが、俺の腕はそんなによくないぞ」

海老沢は一瞬、ムッとした表情を見せたが、すぐにいつものクールな表情に戻ってカメラ

を構える。

海老沢は気にくわないが、思いがけない出来事に永塚は体中の血液が沸騰《ふっとう》して死ぬのではないかと思った。イメージは、沸騰した湯が注ぎ口から零れているヤカンだ。

何なんだよこれ！　俺にとってのラッキースケベというか！　こんなに瑞原に抱きつかれちゃっていいわけ？　ヤバイって！　ヤバイってこれ！　嬉しすぎて勃つって！

こんなところで勃起などしたら最悪どころの騒ぎではない。学校生活終了だ。それにきっと瑞原にも軽蔑されて終わる。

「永塚、ちょっと熱あるかも？　体が熱い。風邪を引いたら大変だから教室に戻ろう？　写真はもう撮ったんだよね？」

瑞原がずいと顔を寄せて聞いてきた。

顔近い、顔近いっ！　ああもうちくしょう！　キスするぞっ！　……なんてホントにできたらこんなところでモダモダなどしていない。

「撮影はもう終わってるから、先に帰れ、永塚」

邑野が、鼻眼鏡から自分の眼鏡に掛け替えて「早く行けよ」とにっこり笑う。

なぜそこで笑うのかわからなかったが、仁瓶まで「気を付けてね」といい笑顔だ。

「じゃあ俺、先に帰るわ」

「俺が送っていく」

海老沢を無視したまま会話を続けていたが、彼が突然「だったら俺が永塚を送っていく。具合が悪くなったら車も出せるしな」と会話に入ってきた。

「いや、そこまで悪いわけでは」

さっきまで跳んでいたわけだし。

だが海老沢は「まずは保健室だ」と言って、瑞原の手から永塚を強引に引き剝《は》がした。

「ちょっと！」

瑞原が咄嗟に海老沢のジャケットを摑み上げた。

「バカ！　何やってんだ！」

仁瓶が慌てて瑞原の手を引っ込めさせ、邑野が「すみません、彼は永塚と仲がいいので、彼の具合が悪いと慌ててしまうんです」ともっともな嘘をつく。

「どうしたんですか？」

背後から陸上部の生徒が、こっちに声を掛けた。

「何でもない。永塚の具合が悪いようだから、保健室につれていく」

海老沢はそう言って、「いや俺は別に……！」と声を上げる永塚の手を摑んで歩き出す。

「永塚大丈夫ー？」「ジャンプ恰好よかったよー！」などと女子が声を掛けて手を振った。

彼を追いかけてきた後輩たちも「風邪引かないでくださいね！」「先輩また来てください！」

と大声を出した。

「お前ほんとバカだな。教師に手を上げてどうすんだよ。推薦が取り消しになったらどうする。最悪だ」

仁瓶は乱暴にウサギ耳カチューシャを頭から外すと、代わりに瑞原の頭につけた。これで笑われろとでも言うのだろうか、しかしいかんせん彼は似合ってしまうので、女子たちから「キャー可愛いー」と歓声が響いた。

「ほんと！　お前、このイケメン！　頭使え！　バカ！　少しは落ち着けよ！」

「ぐうの音も出ません……」

「同じ失敗をくり返さなければいい。証拠が取れる場合もあるので、会話は録音。目撃者は複数。教室で初瀬倉が待っているから、彼女を連れて、永塚を助けに行けばいいんじゃないかな？」

「え？　利休どういうこと？」

「あの甲殻類め、永塚がジャンプした後、乱れた衣装を直している最中の写真を撮っていた。しかも連続シャッターだ。気持ちが悪い。俺は引退したとはいえ陸上部の主将で、永塚たちと三年間このグラウンドで汗水流して練習してきた。地雷を踏まれた気分だった。腹が立つ。教師にあるまじき行為だ。叩けば埃《ほこり》が出てくるんじゃないかな？　あのカメラのメモリーとか、携帯とか」

「そうだね。何か痕跡は出てきそうな気がする」

邑野と仁瓶が、瑞原を見上げて言った。

学校だから大事は起きない、なんて思わない。今のご時世、どこで何が起きるかわからないのだ。

「わかった。初瀬倉と一緒に永塚のところに行く。あと、その、さっきはごめん。ありがとう!」

ウサギ耳をつけたままでも恰好いいのが腹が立つが、二人の寛大な友人は「頑張れよ」と言って瑞原を見送った。

「俺たちも、頃合いを見て向かった方がいいよね?」

「ああ。今、初瀬倉に連絡する。瑞原がカッとなっても、いざとなったら彼女が止めてくれるだろう。もちろん、物理的にな」

「そうだな、初瀬倉のディフェンス、試合で見たけど凄かった……」

邑野は仁瓶の言葉に頷きながら携帯電話を操作した。


放課後の保健室というシチュエーションはいい。

遠くで部活をしている生徒たちの声が聞こえ、窓の外は夕焼け。白衣を着た先生と二人きりで向き合う。そんな危ういひととき。

だが今の永塚は最悪だった。

どうせなら、白衣の仮装をした瑞原と向き合いたかったよ。男の憧れの一つだろう？　お医者さんゴッコはっ！　どこも痛くないのにシャツをたくし上げて肌を見せて、「触診してくれ」って言うんだよ！　堂々と言っちゃだめなんだ、恥じらいながら言わないとだめだ。俺にそんな芸当ができるかわからないけど、きっとできる！　瑞原の前でならやってみせるさ。

指がわざと乳首に触れるように触られて、「こっちは？」ってスラックスの上から股間を撫でられて、それだけで勃っちゃうんだ。だって瑞原の手だぞ？　指だぞ？　あいつの指って最高にエロいから、ちょっと弄られただけで射精するかもしれない。体中触られて、口の中をいっぱいフェラされて、最後は尻に指突っ込まれてあいつの指を感じてえなあ。「悪い生徒だね」って言われながら糊《のり》の利いたシーツの上に転がされて、二人分の体重にベッドが軋むんだ。これ大事な。ベッドがギシギシ言わなきゃ興奮しないから。俺だけ全部脱がされて、それだけでも恥ずかしいのに、もっと恥ずかしい恰好させられて、ねだっちゃうとか最高じゃね？　俺もう変態でいい。瑞原に突っ込まれてメスイキしてもいいや。だって白衣姿の瑞原は最高に恰好いいし。何度でも惚れ直す。……なのに！

永塚は眉間に皺を寄せ、保健室でなぜか白衣を着始めた海老沢を睨んだ。

「それ、本田《ほんだ》先生の白衣じゃないですか？」

今はここにいない養護教諭の名前を言うが、彼は気にせず、逆に「似合っているじゃないか?」と胸を張る。

「どうでもいいです。俺は具合いよくなったので、着替えて教室で友人たちを待ちます」

「だからね、それをちょっと待たないか。君は今年の俺の思い出なんだ」

「は?」

「もっとこう……いろんな姿を撮りたいんだよ。制服に着替えるところはもう撮ってあるからいいんだけど、保健室のベッドの上でっていうシチュエーションには抗《あらが》えない」

「あの、ここ、隣が職員室ですけど?」

「わかっているよ」

「ここ学校ですけど?」

「そうだとも」

「教師が生徒の猥褻《わいせつ》写真を撮りたいって? ニュースになるぞ?」

「ニュースになったら困るね。君の大事な友人たちも推薦が取り消しになるかもしれない」

白衣のポケットに手を突っ込んで、海老沢がニヤリと笑う。

「脅《おど》しかよ」

「提案だよ。今まで、俺の思い出になってくれた子たちはみんないい子だったんだ。ただ隠れて写真を撮るだけでよかった。でも君のことはもっと近くで撮りたいと思った。できれば触れたいともね」

「もう一度言います。ここは学校の保健室で、隣は職員室。教師が生徒に猥褻な行為を行っていい場所じゃない！」

「では話を変えてみようか？　君は男性教諭に押し倒されている状態で助けを呼べるか？」

これは、ちょっと困った。

永塚は海老沢から視線を外す。

人の口に戸は立てられない。噂は立つ。そういやこいつは女子人気があるんだっけ。面倒だな。他の教師は俺の言い分を聞いてくれるだろうか。問題児ではないから、ある程度は聞いてくれるだろうが、生徒指導の教師が「セックスしてくれたら、先生の勧める大学に行って陸上やりますと言われて、この子の才能を惜しんだあまり、私は……」みたいな展開になったらアウトだ。ドラマみたいだけどないとは言いきれない。そしたら俺は、卒業するまで「教師を誘ったホモ野郎」とか言われるのかよ。最悪だ。だったらどうする。

意外と、生徒は弱い立場なんだなと思った。

「どうする？　永塚。俺の前で服を脱いでくれる？　それとも強引に脱がしてほしい？　俺は、思い出に残るならどちらでも構わない。君のその瑞々《みずみず》しい体の写真を撮れると嬉しいな。本当に、君の体は俺の理想だ。今までの思い出の中で最高の体だよ」

「ふざけんな。誰が脱ぐか」

「そうか。じゃあ力尽くでやろうかな。叫んでごらん、ギャラリーを増やしたいならね」

海老沢は肩を竦めてため息をつき、デスクにカメラを置くと、テーピング用の太いテープを白衣のポケットに入れて近づいてくる。

「マジかよ」

「君だからこそ、ここまで俺を危険な教師にするんだ。君が悪いんだよ？　俺にこんなことをさせる君がね」

飛びかかってきた海老原を殴ろうとして、しかし相手は教師なので一瞬の躊躇《ためら》いができた。そこにつけ込まれてベッドに押し倒された。海老沢は永塚の腹に馬乗りになって、微笑みながらテーピング用テープを摑む。

「これで最高の写真が撮れそうだ。ありがとう、本当にありがとう、俺の思い出になってくれて。コレクションのレベルが上がっていくよ」

「ふざけんな……っ！」

海老沢の体は思ったよりもガッシリしていて重く、体を捻《ひね》って逃げようにも上手く動けない。逆に太腿で脇腹を締め上げられて息が詰まった。

「抵抗してるところも写真に撮りたいけど、今は、これで我慢するよ」

テープで両手をベッドヘッドに繋がれた姿を携帯電話で撮られる。

「最近のカメラ機能は性能がいいから、これでも大丈夫かな」

頭につけたままのウサギ耳が揺れるのが見えて、情けなくなった。ネクタイを乱暴に外されて、ベストとシャツのボタンまで外されていく。

「最高だね。ところで、本田先生は今日はもう帰宅して、わざわざここを訪れる教師はいないんだが、知っているか?」

「なっ!」

何だよそれ! ふざけんなよっ! 俺はこんなところで好きでもない男にベタベタ触られて、写真をいっぱい撮られる人生なんて認めないからな! このクソ野郎! 甲殻類! 真っ赤に茹《ゆ》でられて美味しく食べられてしまえ!

心の中で悪態をつくことしかできなくて悔しい。

そう思ったとき、突然保健室のドアが開き、物凄い勢いで瑞原が入ってくる。

彼は無言で、永塚の上に乗っていた海老沢を乱暴に床に落とし、目を丸くして驚いている永塚には「大丈夫だから」と言って優しく頬を撫でる。

「痛いじゃないか、瑞原!」

瑞原は背中に大声を掛けられても無視したまま、いましめられていた永塚の両手のテープを器用に外した。

すぐさま体を起こした永塚は、はだけたシャツを片手で掻き合わせてベッドから下りる。

「海老沢先生、失礼します」

瑞原はにっこり笑って、彼が手にしたままだった携帯電話を素早く奪った。
「何をする！」
「先生、こちらのカメラもお借りします。高価なものでしょうから、明日にはお返しします
ね？」
保健室の入り口には初瀬倉が立っており、彼女は海老沢のカメラを両手でしっかり抱えて
いた。
「返しなさい、それを俺に返せ、初瀬倉！」
「ここで私が悲鳴を上げたら、先生はどうなるんでしょうね」
初瀬倉の、ワントーン低い鋭い声に、海老沢の動きが止まる。彼の顔からポタポタと汗が
滴り落ちた。
「行くよ永塚」
瑞原に肩を抱かれて保健室を出る。
すまん！　今、俺の身に一体何が起きた？　瑞原が助けに来た？　初瀬倉まで？　どうし
て瑞原が助けに来てくれたんだ？　友だちだからか？　それとも利休や仁瓶に言われて来た
のか？　でもありがとう。あのままだと俺、どうなってたか想像もつかねえよ。
助けてもらって嬉しいけど、情けない自分を見せてしまった。
「瑞原、その携帯電話を貸して。私、教室で利休を待ってる。あとはあいつらに任せよう」

初瀬倉は、瑞原に向かって右手の親指をぐっと立て、ポンポンと優しく永塚の肩を叩いて三年教室のフロアに向かう。

「よろしく」

永塚は何も言えなかったが、代わりに瑞原が言ってくれた。彼は家庭科室でなく、なぜかその向こうの備品室の中に永塚を置いていくと、すぐに着替えを持って戻ってきた。

「ここ、鍵がなくても開くの。先輩に聞いて知ってたんだ」

備品室というわりにはたいした備品はない。その代わりに古い机と椅子が二セット。棚には小さな段ボールが一つしかなかった。いい香りのする芳香剤を使っているのか、窓がない部屋なのに埃臭くない。そういえば床も綺麗だ。

「そうか」

永塚は制服に着替えながら返事をする。

「うん。授業をさぼるのに使ったり、いろいろできるって。内側からしか鍵がかからないから、先着順」

「そうか。……瑞原」

「うん」

「いろいろ迷惑かけた」

「うん。あのさ、もう俺さ、この際だから言わせてもらっていいかな?」

瑞原が、椅子に腰掛けた永塚の前で立ち膝をして、下から顔を覗き込んでくる。気恥ずかしい。

「何だよ」

「俺ね、あの甲殻類は滅せよぐらいの勢いで怒ってるけど、実は永塚にも怒ってる」

「怒られるようなことは、別に」

「そうかもね。そうだね、きっとそうだね。俺が一人で怒って、一人で騒いでるだけだからいいよ。俺の気持ちなんて永塚にはまったく伝わってないんだから別にいいよ」

「は？」

「もっと危機感持ってほしいのにさ、どうしてそうノホホンとしてんだよ。顔が怖いとかそんなの関係ないよ。永塚のことをメチャクチャ可愛いと思う人種っているんだから。そういうのちゃんとわかってよ」

「そんなの……わかるわけねえだろ。周りにいる男が全員そういう趣味ってわけでもねえ。っつうか、ゲイだからって男だったら誰でもいいとか思うなよ？　ちゃんと好みがあるんだ。絶対に譲れない好みがあるんだ！　襲われるとか思ってるヤツらは単なる自意識過剰なんだよ！　たまたま、あいつの好みが俺だったってことなのか……ああそうなんだ、最悪。なんで俺、あいつの好みなんだよ。どうせなら、好きなヤツの好みになりたいよ。くっそ！」

視線を逸《そ》らして悪態をついたが、すぐに瑞原に「こっち向いて」と頬を両手で包まれて戻される。

「な、何……っ」

いつにない瑞原の積極性に、永塚は顔が熱くなるのを感じた。きっと顔が赤い。どうしよう、友だちと目を合わせて話してるだけなのに、俺だけ顔を赤くしてる。気持ち悪いと思われたら最悪だ。今日は最悪なことばっかりだ。

「永塚、こんな時期に言うことじゃないのわかってる。でも俺は、もう我慢できないんだ」

「友だち……やめるって？」

「は？　何でそうなるんだよ！　違うよ！　そんなネガティブなこと言わないでよ！」

「何だよだったらさっさと言えよ！」

「好きだ」

ごめん、聞こえなかった。もう一度言ってくれ。本当なら、何度でも言えるだろ？

永塚は目を見開いて瑞原を見た。

長い睫《まつげ》に縁取られた大きな目が潤んでる。可愛い。

「俺、永塚のことが好きなんだ。ごめん、男に好きだなんて言われたら困るよな？　いやだよな？　でも俺、もう黙っていられなかった。受験前にこんなこと言ったら、絶対に気まずくなると思ったけど、我慢できなかったんだ」

「好きって……どういう意味で？　なあ瑞原……」

自分の声なのに、妙に掠れて遠くに聞こえる。心臓は今にも爆発しそうにドキドキと鼓動しているし、手は緊張で震えてる。ヤバイぞ俺！

「俺ね、俺……永塚と手を繋ぎたい。抱き締めたい。キスしたい。そんで、いっぱいセックスしたい。そういう好き」

「マジ、かよ……っ」

同じ気持ちだったって？　何だよ、もっと早く言えよこのバカ！　ああでも、バカは俺も同じだ。もっと早く言えばよかった……。

いつから好きなんだろうと気になって「いつから好きなんだよ」と聞いたら、「高一の春」と言った。

高一の春、だと？　なんて……勿体ないっ！　俺のバカ！　俺たち三年近く損してるぞ！

仕方がないとわかってても、三年は長い！　もしここで瑞原が言ってくれなかったら、俺たちは一生友だちで終わってた！　くっそ！　瑞原恰好いいよくっそ！

永塚の心の中には愛の嵐が吹き荒れた。

「ネクタイを締めたブレザー姿の永塚を見て、『あ、俺はこいつが好きなんだ』って自覚した。ほんとごめん。キモくてごめん」

照れながら告白する姿も可愛い。またホレさせる気か。

心の嵐が少し収まるのを待って、永塚は深呼吸する。

「バカ待てよ。俺の返事を聞かずに謝るのかよ。そんな勿体ないことすんなよ瑞原」

俺にも言わせろバカ。お前ばっかり言うなよ。言わせてくれよ。

「え？」

今度は瑞原の目がまん丸になった。

「お、俺も！　お前のことが好きなんだよっ！　ずっとずっと、好きなんだよっ！　こっちは中学のときからだバカ！」

「待って！　俺と同じ好きなの？　永塚は俺のことを抱きたいと思ってるの？　どうしよう！　ちょっとそれは考えてなかった！　ごめん！」

「このバカがっ！　最後まで聞けよもう！」

永塚は力任せに瑞原の頭を叩いた。多分結構痛い。だが彼は耐える。

「俺は、瑞原と手を繋ぎたい。抱き締められたい。瑞原とキスしたい。そんで、その……俺のこと……抱いてくれ」

言っちゃった。言ってしまった。妄想を頭の中で展開するのと違って、声に出すのは凄く恥ずかしい。

耳まで赤くなったのがわかる。

「ほんとは、言うつもりなんかなくて、その、頭の中であれこれ考えてるだけでいいやって思って、ほら、友だちならずっと一緒にいられるだろ？　それに……妄想だって結構楽しかった。瑞原が言ってくれなかったら、俺は怖くて言えなかった」

楽しいけど、盛り上がった後はむなしかった。寂しかった。一人でいるのが悲しくなった。

「俺たち、恋人同士でいいの？　俺、永塚に、こんな風に触っていいの？」

瑞原の手がはだけたシャツの間から直に永塚の胸に触れる。

「なあ俺さ、もう、嬉しくて死にそうなんだけど、どうにかしてくれよ」

自分の胸に瑞原の掌《てのひら》が押し当てられていると事実だけで、永塚の下半身に熱が溜まる。

「永塚、誘うの上手いんだけど……！」

「それは、お前が俺を好きだからそう見えるだけだろ。俺、お前以外の男なんて眼中にねぇし。誘惑されるわけもない」

「それって、ゲイっていうのと違う気がする。俺と同じじゃん？　俺も永塚だけしか欲しくないよ。いくら可愛い男子に迫られてもちんこ勃たない。俺が好きなのは永塚だけだから」

「え？　俺ずっと、自分がゲイだと思ってた」

まあでも、今はもういい。深く考えることはやめよう。だって、晴れて恋人同士になれたのだから。

「そしたらさ、なあ……」

続きは言えなかった。

キスで言葉を飲まれてしまった。手慣れた瑞原は「えへへ」と笑い、「永塚の唇は柔らかくて気持ちいい」と感想を言う。

「お、お前っ！」

「気持ちよかったから、またしたい。ねえ、キス、させて？」

潤んだ瞳と甘えた声でねだられて、心がとろとろにとろけていく。

ああちくしょう。きっと「これ」が、こいつの常套《じょうとう》手段なんだ。計算されてて腹が立つのに、全部明け渡したくてたまらない。いいぜ、ほら。俺だって長い間、腹ぺこで死にそうだったんだよ。お前の愛を寄越《よこ》せよ。二度と離してやんねえから。

「してくれよ。なあ、俺がそのまま射精するような、凄いヤツ、くれよ」

すると瑞原は嬉しそうに目を細めて、永塚を椅子からずり下ろした。

「永塚は誰かとセックスしたことある？」

「ねえよ。セックスどころかキスも今初めてした。誰かと付き合うことはなかったし。一応聞いてやる、お前は？」

「中学のときに、ちょっといろいろ……。でも、過去だから。それこそ若気の至りだから」

「いいよ別に。これから先、俺のことを好きでいてくれたら」

「ねえ、永塚……本当に誰とも付き合ったことないの？　付き合ったことないのに、さっきから凄いことをいっぱい言ってるんだけど？」

「今まで言えずにずっと黙ってたことを言ってるだけだ。もう黙らねえ。勿体ないだろ？」

「そっか。うん、じゃあ俺も、ここでもっと触っていい？　俺、最終的には永塚を俺なしじゃ生きていけない人間にしたい。何かもう好きすぎて、変なコトしたらごめん」

ゆるゆると衣装を脱がされて上半身が露になった。これは汚せないものだから、できれば最初に全部脱ぎたいと、永塚は自分でスラックスと革靴も脱いで、ボクサーパンツだけになった。

するとH目の前で瑞原が両手で顔を覆っている。

「あ、悪い。そんなに体格は悪くないと思うんだけど、俺の体つき変か？」

「…………悪いんじゃなくてさあ！　何で勝手に脱ぐかなあ。俺、脱がしたかった」

「だってこれ、借りた衣装だから汚せない。制服じゃだめなのか？」

「だめじゃない。制服がいい。制服姿の永塚にエロいことしたい。制服着てください」

「何敬語になってんだよ。今着るから……」

ここに仁瓶がいてくれたら、「お前ら最初から飛ばしすぎ」と突っ込みを入れてくれただろうが、長年の思いをこじらせてしまった二人には、「自分たちのしたいことが正しい」になっている。

改めて制服を着て向かい合う。

「ほら、着替えたからキスしてくれよ」

「そんな素直でどうすんだよ」

「一回ぐらいは拒《こば》んだ方がいいのか？　そんな、お前相手に勿体ねえだろ。ありがたくいただくだろ！」

何をくだらないこと言ってるんだよと、永塚が力説すると、瑞原は目頭を押さえて「俺が萌え死ぬ」と言った。

「意味わかんねえ」

「俺がわかってればいいよ。ね？　キスしよ」

あーんと口を開けて首を傾げる瑞原に合わせ、永塚も少し口を開けた。いつまでも目を開けていられずにまぶたを閉じて、口腔に入ってきた瑞原の舌を味わう。

これは妄想でも何でもない「本物」だ。本物の瑞原だ。

自分の肩を抱く大きな手も、口の中を舐め回している柔らかな舌も、たった今こくりと飲み込んだ温かな唾液も、全部現実で本物だ。

嬉しい。

永塚は両手を瑞原の背に回し、背伸びをして「もっと寄越せ」とねだる。

何年もの妄想で我慢した分、自分の体を真実で満たしたい。

「は、ぁっ」

鼻で息をすることも知らなくて、時折唇を離して息継ぎをした。瑞原はその間も永塚の唇を舐めたり、耳の後ろを指でくすぐってくる。気持ちよくて素直に声を上げると、ぐいと乱暴に下半身を押しつけられた。

「永塚って敏感なの？　それとも一人でいろいろ試してた？　俺にこんなことしてほしいとか、思ってた？」

耳元に囁かれて、ぐっと言葉に詰まる。その通りです恥ずかしい。

「俺にエロいことされるの想像しながら、一人でオナニーしてた？」

「う……っ」

「あのね、俺はしたよ。メチャクチャした。想像というか妄想かな。永塚にいっぱいエロいことさせて、エロい恰好させた。いつも『気持ちいい』って可愛い声で言って泣いちゃって、俺、一晩で三回ぐらい一気に抜いたことある」

耳元に唇を押し当てられて語られる言葉は、永塚の下半身を瞬く間に熱くさせる。

布越しに擦れ合う性器がもどかしい。直に触りたい。口に入れてフェラしたい。言ったら瑞原は喜ぶだろうか。

「俺も。山ほど妄想した。お前に突っ込まれること想像しながら、一人で腰を振ってた。妄想の中の瑞原は俺のことをメスイキさせてた。俺、男なのに、何度も中で気持ちよくなって瑞原にとろとろにされる妄想ばっかしてた」

言いながら腰を突き出すと、瑞原が舌なめずりをしながらスラックスのベルトを外して、ファスナーを下ろしてくれた。

永塚は自分でブレザーを脱ぐと、ネクタイを緩めて床に落とした。

筋張った長い指がシャツのボタンを外していく。

「永塚は乳首も弄ってたよね？　ピンク色で少し大きめのエロ乳首。もう硬くなってる。凄い可愛い。ずっと触りたかった。舐めたかった」

そのまま、上半身が机に押し倒された。瑞原が嬉しそうに見下ろしてくる。妄想とよく似たシチュエーションに、永塚は興奮して、下着の上から性器を擦った。

「俺の見てる前でオナニーするの？」

「あっ、だってこの恰好、お前に全部見られてるみたいで好きだ」

「かわい。ね？　永塚、俺にちゃんと、永塚の可愛いおちんちん見せて。お漏らしみたいに濡れてるおちんちん、俺に見せてよ」

「あ……っ、あ、ぁぁ」

ねだられて下着を太腿まで下ろそうとしたが、勃起した陰茎が引っかかって、その刺激で声が出た。

「俺が脱がしてあげるね」

先端を指で触られただけで、永塚は「あっ」と声を上げて射精する。

精液は下着を濡らし、今日はもう使い物にならない。

「お前の指、気持ちよかった」

「俺もちょっとヤバかった。出そうになったけど我慢した。永塚の射精するときの顔を見られてよかった。凄く可愛くて、俺もう離せない。もっと見たい……」

ちゅっちゅっと触れるだけのキスをくり返しながら、瑞原が自分の陰茎をスラックスから出す。永塚の陰性と違って桃色ではなく、全体的に色が濃くていやらしかった。

「これは妄想じゃなくて本物だから。触ってみてよ」

「触るのもいいけど、俺……それを口に入れて舐めたい」

右手を伸ばして瑞原の陰茎に触れた途端、彼は低く呻《うめ》いて勢いよく射精する。

永塚の手や腹が吐精で濡れた。

「お前も早い」

「我慢してたのに……っ！　何これ最悪！　あーもう……ないわ……」

「俺も早かったから、気にすんな」

永塚は体を起こして、「はあ」とため息をつく瑞原を慰める。

「妄想の中でとんでもないことをさせちゃうくらい好きな相手なんだ。触られたらそりゃ、すぐ出るって」

「……でも俺、すぐ復活するから」

「おう。じゃあ、今度は何する？」

「永塚は何がしたい？」

「お前が俺にしたいことをされたい」

途端に、瑞原はその場にしゃがみ込んで「天然なのか？　養殖なのか？　それとも小悪魔だったのか？」と意味のわからないことを呟いている。

「おい、俺また変なこと言ったか？」

「とんでもない！」

勢いよく立ち上がった瑞原は、股間も元気にして永塚に抱きつく。

「こんなことなら、コンドームとローションを常に持ち歩くべきだった」

「あー……男は濡らしたり広げたりと面倒……」

そうだった！　すっかり忘れてた！　俺も準備があったんだ！　瑞原にだけ任せてるわけにはいかねえわ！　こっそりしまってあるのを出さないと！

生徒たちがコッソリ使っている憩いの空間を大惨事にするわけにはいかない。

「なあ瑞原」

「ん？　キスしたい？」

「そうじゃねえ。今日はもうおしまい」

「何で！」

「準備があるんだよ準備が！　だから仕切り直しだ」

「それは、その……わかるけど……！」

「どうせなら、朝から晩までずっとやっていたいだろ？　そのために、俺にちゃんと準備をさせろ」

瑞原は「でも」「そんなあ」と、抱きついたまましばらくごねていたが、下半身が冷静になってようやく頷いた。

「じゃあ、いつセックスすんの？」

「その前に場所だ。朝から晩まで、どこでやる？」

「俺の家に来て」

瑞原は笑顔で身支度を整え、スラックスのファスナーを上げながらそう言った。

「行けるかよ」

「じゃあラブホ。平日料金なら安いし、城誠祭の翌日は学校はお休みです。ね？」

どうしてこういうことには頭が回るんだろう。

瑞原は大好きな相手ではあるが、永塚はふとそんなことを思った。

「ね？」

「わかった」

それしかねえよな。だって、ゆっくりやれる場所なんてそんなにねえし……。あ、二瓶に聞けばどうにかなったかも。いや、さすがに「セックスする場所どうしてる？」なんて聞けねえだろ！

永塚は頷きながら心の中で「早く一人暮らしがしたい」と思った。

「それまでに、俺はもっといっぱい勉強しておく。調べたいこともあるし、こんなときにパソコンが大活躍だ」

瑞原はスラックスのポケットから携帯用のウェットティッシュを取り出して、永塚の体についた精液を丁寧に拭う。

「大学に行って困らないように、普通の勉強もしろよ」

「うん。だからそっちの勉強は永塚たちと一緒にする」

「ならいい。……、その、もう綺麗になったから、大丈夫」

瑞原の指に陰茎を触られたところで、永塚は慌てて腰を引いた。

「どうして？　ここもちゃんと拭いておかないと」

「気持ちよくなるから、ちょっと」

「今の言葉でまた勃った」

「だから俺が、さっきから銜えてやるって言ってる」

「俺も永塚のちんこ銜えたいです！」

「敬語で言うなよ恥ずかしい」

ついでに、真顔でねだる瑞原も恥ずかしい。永塚は、机から下りて居心地悪そうに立つ。

下半身に何もまとっていないのは心細い。

しかも、いきなり瑞原が床に寝転んだので何をするのかと思った。

「おい！」

「這うようにして俺の顔を跨《また》いで」

「え」

「だから、これ、シックスナイン」

「なるほどな！」

これは妄想でもやったことねえんだよなあ。なるほど、こうすんのか、覚えとこ。

永塚は素直に、言われた通りの恰好になった。

目の前には、すっかり元気を取り戻した瑞原の陰茎がある。

「なあ、これも銜えても………っ！　んんっ」

言いきる前に、生まれて初めての快感に息が詰まった。

自分の陰茎が瑞原に銜えられている。ねっとりと温かな口内で敏感な場所を舌で弄られているのがわかった。

だったら俺も、と、永塚は瑞原の陰茎を銜える。先走りで濡れた陰茎は少し精液の臭いがするが、思ったほど違和感はない。それでも永塚は「平気でできるのは好きなヤツ限定だ」と思った。

丁寧に舐めて、溢れてくる先走りを舌で拭って味わってみる。旨いどころか、顔をしかめ

るほど不味いのにやめられない。もっと奥まで銜えようとしたが、吐きそうになって慌てて口から陰茎を離した。

咳き込んでいると、「大丈夫？」と声を掛けられて、ちょっと恥ずかしい。

「奥まで銜えようとして失敗した」

「少しずつ慣れていこうね。ほら、こんな感じにさ」

先端を吸われながら陰囊《いんのう》を優しく揉まれると、ぴくぴくと腰が揺れる。気持ちよくて頭の中がぼやけてくる。

「あっ、あ、ぁっ、そこ、そんな、同時に……っ」

慌てて瑞原の陰茎を銜えて、彼の動きをなぞるように唇と指を動かした。口の中で陰茎が揺れるたびに、反応してくれているのが嬉しくなる。もっともっとと興奮して舌を絡めようとしたが、「いたっ」と声を上げられて動くのをやめた。

「歯を立てるのは、ちょっとマニアックかな」

「わ、悪い……。加減がわかってなかった」

「そうだよね。うん、シックスナインは早かったかも。まずは俺が教えてあげるよ」

瑞原は永塚の下から出て体を起こすと、今度は永塚を床に転がした。

「そのままさ、膝を立てて足を広げて」

「お、おう」

言われるままの恰好になると、足の間に瑞原が入ってきた。彼は「俺のやり方を覚えてね」と言って、永塚の下腹部に顔を埋める。

「あっ」

視覚が刺激的すぎて泣きそうになる。

陰茎を優しく舐めて吸って、唇で扱きながら、陰嚢をやわやわと揉まれては、声を抑えることもできない。

「ひゃ、あっ、あっ、そこっ、そこ気持ちいいっ、瑞原っ、先っぽやだっ、そこ吸っちゃやだっ、や、やっ、もっ」

ひっきりなしに声を上げながら、両脚はだらしなく広がっていく。

妄想じゃないから、快感を自分でコントロールすることもできなくて、気持ちよすぎて涙が出てきた。好き勝手に動く指も舌も唇も、全部本物の瑞原で嬉しい。嬉しくて、気持ちよくて、少し意地悪く弄られても声を上げてしまう。

「もっ、出るっ、出したいっ、なあ瑞原っ、出させてっ、だめっ」

「何が出るの？　ねえ」

「……精液、出る」

「どうして出ちゃうの？」

「瑞原に弄られて、気持ちよくてっ、なあ、もう、出していい？」

「うん。最後は、俺の見てる前で自分で扱いて見せて？」

妄想だと思ったけど実物だった。実際の瑞原にこんなことを言われるとは思わなかった。

「俺のこと、変態とか思わないか？」

「どうして？　すごく可愛い。俺、永塚がオナニーするところ見たい」

「お、俺……は」

視線の先に、さっきまで銜えていた瑞原の陰茎がある。

「俺、瑞原のちんこも一緒に扱きたいんだけど、だめか？」

「出たよ小悪魔。澄ました顔でエロいこと言わないで。喜んで扱いて、はい」

瑞原の顔がだらしない笑みに包まれる。

彼は体を起こして位置を変えると、自分の陰茎を擦りつけてきた。

「ね、ここ、裏筋気持ちいいよね。一緒に扱いて」

「んっ」

二人分の先走りで、陰茎がくちゅくちゅと泡立っていく。少し腰を揺らしたら、瑞原も同じようにしてくれた。

「はっ、あ、すげえ、いい。これ気持ちいい……っ」

「俺のフェラよりいい？」

「どっちも、瑞原にされると何でも気持ちよくてっ、俺、もっ、だめっ」

さっきまでぎこちなく扱いていた手が、絶頂を目指して激しくなる。添えられていた瑞原の手も使って愛撫する。はあはあと荒い息を吐きながら陰茎を扱いて腰を揺らす姿を視姦されながら、それでもやめられずに「精液出る」と声を上げて果てた。

「俺、もっ」

少し遅れて瑞原も射精する。

二人分の精液は永塚の手で受け止められて、瑞原は「いっぱい出たな」と言いながら、残りのウェットティッシュで綺麗に拭ってくれた。

一緒に射精しただけでこんなに気持ちいいなら、セックスしたらどうなってしまうんだろう。気持ちよすぎて死ぬかもしれない。

永塚は、妄想しながらの自慰では感じることのなかった高揚感《こうよう》に息を吐き、じっと瑞原を見つめた。

「永塚は替えの下着持ってる？」

「ない。もういい。スラックスだけ穿《は》いて帰る。帰ったらすぐ着替えるし……」

「ダメ。ノーパンで外歩くなんて、まだ早いから！　俺の替えがあるから、それを持ってくる。それまでここで待ってて？　ね？」

スラックスのファスナーを上げながら何を言ってんだこいつ……と思いながらも、本当はノーパンになどなりたくなかったので、瑞原の申し出には感謝した。

「俺が戻ってくるまで、鍵を掛けて待ってて」

「わかった」

こんな、下半身に何も着てない恰好で外に出るかよ。お前こそ早く帰ってこいバカ。

永塚はドアを閉め、内鍵を掛けてその場にしゃがみ込む。

窓がないこの部屋では、放課後の音はよく聞こえてこない。廊下側も、特別教室ばかりなので耳を澄ませても静まり返っている。

「はあ」

一人きりになって、永塚はようやく「恋人同士」を自覚し始める。

「ヤバイ、にやける」

ずっとずっと同じ気持ちでいたのにまったく気づかなかったなんて、本当に勿体ない。

でも、これからは違う。ずっと一緒だ。大学受験も頑張る。できればルームシェアしたいけど、そんなことしたら、勉強そっちのけでセックスばっかりしそうだから、これは避けておいた方がいいかな？　隣同士の部屋にしよう。俺が通ってやる。くっそ！　瑞原のヤツ、あんなエロい顔でイクのかよ。見られてよかった。すげえドキドキする。妄想してたときの顔と違うって、衝撃がでかい。本物は凄い。ヤバイ。あいつに握られたちんこの感触が、まだ残ってる。もっといっぱい触ってほしい。同じくらい触りたい。そんで、そのうち、あいつのちんこが俺の体の中に入ってくるんだ。男でも処女っていうのか？　だとしたら俺は処女か。恥ずかしい。瑞原に足を開かされて、あいつのちんこでやられちゃうんだ俺。

本当のセックスのことを考えていたら、体が熱くなって心臓が高鳴る。さっき射精して萎《な》えていたはずの陰性は、今は腹につくほど反り返って、とろとろと濡れていた。

「瑞原っ」

恋人の名前を囁きながら、右手で陰茎を扱いて左手で陰嚢を揉む。

けれど、思っていたよりも快感を得ることはできない。

「あ、あれ?」

ムキになって扱いても痛いだけで、気持ちよくなりたいのになれずにもどかしい。

「くっそ」

瑞原じゃないとだめなのか?　あいつに弄ってもらわないと、もう俺満足できねえのかよ。

焦る半面納得もした。

妄想よりも現実の方が、いやらしくて気持ちいいし、興奮する。

すると廊下を素早く駆けてくる音が聞こえ、ドアの前で止まった。

「永塚、開けて」

小さな声で言われて、内鍵を外してドアを開ける。

「ついでだから、バッグも持ってきちゃったよ。スポーツバッグの中に入れてた予備だけど、新品だから安心して」

笑顔を見せて振り返る瑞原の前で、永塚は着ていたシャツを胸までたくし上げる。

「お、お前のこと、考えてたらっ、また、こんなっ、勃った。なあ、この体、どうにかしてくんねえ?」

勃起した陰茎の鈴口に溜まっていた先走りが、とろりと流れ、糸を引いて床に落ちる。

「瑞原っ、なあ、もっと、俺のこと……」

「勃たなくなるまで搾《しぼ》り取ってやるから、覚悟しろ」

瑞原はゴクリと喉を鳴らして、制服のネクタイを緩めた。


「陽登君、ちょっと具合悪いみたいなので、送ってきました」

この場合は、嘘も方便だ。

瑞原は久しぶりに永塚の名前を呼んで、母親に断って、永塚を部屋に運んで階段を下りる。

飛び出してきたのは永塚の弟たちで、「涼司君だ!」「お久しぶりです!」と、相変わらず可愛い笑顔で瑞原を見上げた。

「ありがとうね涼司君、遅いから、うちでご飯を食べて行きなさいよ。スポーツ推薦で大学も決まったんですってね。こないだ、あなたのお母さんと電話で話してたのよ。遅くなっちゃったけどおめでとう」

「ありがとうございます。でも俺、いろいろやることがあるから、その、また今度、寄らせてください」

弟たちは「何でー？」と文句を言うが、母親は「残念ねえ、今度は食べに来てね。泊まっていってもいいのよ」と笑顔で言ってくれた。

「城誠祭、行くからね！　兄ちゃんと一緒に俺たちを案内してね！」

「楽しみにしてます！」

ああなるほど、一緒に回ろうって約束をしてたのか。

瑞原は察して「うん、俺も楽しみにしてるよ」と言って、永塚の家をあとにした。

「具合が悪くなった」と言うよりも、永塚は「気持ちよすぎて足腰が立たなくなった」というのが正解だ。

バッグを持ってきていて正解だった。

いつか永塚と恋人同士になれますようにとの願いを込めて、コンドームを一箱、内側のファスナーポケットに突っ込んでおいたのが役に立った。手荒れ防止のハンドクリームもあってよかった。

挿入はしなかったが、それ以外のことは大体出来てしまった。

そもそも、恋愛が成就した途端、永塚があんなに素直になるとは思わなかった。嬉しい誤算だ。ギャップ萌えだ。そして、とてつもなくエロ可愛かった。

「準備してないのに、指、突っ込むなよ」と言われても、「コンドームがあるから平気」と言い返した。泣きそうな顔で「わかった」と言った。可愛かった。ハンドクリームで滑りをよくして指を入れて弄ったら、ずっと可愛い声で喘いでた。眉が下がった泣き顔は小さな子供みたいで心の底から可愛いと思った。「永塚の顔は怖い」って言ってる連中に見せてやりたかった。絶対に見せないけど。

「ヤバイ、勃つ」

何度も指で犯しながら、ちんこと同じくらい硬くなってた乳首を弄った。永塚は乳首がめちゃくちゃ感じるみたいで、指と乳首だけで何回かイッた。「女の子みたい」って囁いてヤッたら、「違う違う」って言いながら興奮してた。「何で尻で感じるの?」って聞いたら、「オナニーのときにちんこと尻と両方使うから」ってまたしても素直に答えた。ちんこが痛いくらい硬くなった。俺に抱かれるところを妄想しながら、自分で弄ってたって。童貞で処女なのに、こんな淫乱だったなんて、可愛いの他に何て言えばいいんだよ。どうしよう。ヤバイ、ほんと、俺はどんどん永塚にハマッてく。俺の方が「永塚がいないと生きていけない体」になりそう。だってほんと、どれだけ触っても弄っても、全然足りない。

思春期の恋愛は性衝動とほぼイコールで(というのは、仁瓶が言ってた)、とにかく永塚を抱きたくてたまらない。

抱いてマーキングして、誰から見ても俺のものだってわかるようにしたい。そういえばキスマークを付けるのを忘れたから、今度付けておこう。定番は首筋だ。そうすれば、密かに永塚が好きだった女子は諦めるだろう。思い出告白くらいは許してあげる。

思わず顔がにやけたところで、バッグから携帯電話の着信音が響いた。

「はいよ、瑞原でーす」

『そんな知ってるよ。今どこ？』

電話の相手は仁瓶だった。

「永塚を家まで送った、その帰り」

『駅前のカラオケに来られるか？　四〇五号室。利休と初瀬倉もいる』

「わかった」

こっちの返事を聞いた途端、通話が切れた。ＳＮＳの無料電話なんだから、カラオケ店に到着するまで会話続けてくれてもいいのに。

瑞原はため息をついて携帯電話をバッグに戻し、大股で歩き出した。

「ようイケメン」

ドアを開けて入った途端、仁瓶にニヤリと笑われた。

「何だよその顔！　それより聞いてくれよ！　俺の告白は成功しました！　最高です！　永

塚って素直でメチャクチャ可愛い！　恋人同士って最高だな！」

初瀬倉が「おめでとうおめでとう！」と手を叩いて祝福してくれて嬉しい。

「その浮かれっぷりにどこまで済ませたかは聞かないが、取りあえずおめでとうと言っておく。できるだけ長く、できれば一生交際を続けていけるように祈る」

邑野の言葉はありがたくも重かった。

だが瑞原はもちろん一生添い遂げる気でいる。

「何で呼ばれたのか、わかってるか？」

「あー……ああ！　アレだ！　甲殻類！　証拠っ！　あれどうなった？」

あの教師の名前など、もう「甲殻類」で充分だ。本名など口にもしたくない。

「だろうと思った。こっちで的確な処理をさせてもらいましたよ。今まで写真を撮られた生徒たちのプライバシーも考えて、騒ぎにならないよう計らってくれるって」

仁瓶が微笑み、初瀬倉が頷く。

「証拠を持っていても、俺たち生徒には権力がない。まあつまり、持つべき者は、父の知り合い親戚縁者。使えるものは一通り使った」

邑野が「俺が『お願いします』と言ったら、みんなに驚かれてしまった」と付け足した。

「城誠が私立校というのもよかったみたい。いい方向にいくそうよ。まあ取りあえず、瑞原には言っておこうって決めたの」

初瀬倉が「ふふふ」と笑う。

瑞原が知っているのは、保健室の外で海老沢と永塚の会話を録音したところまでだ。友人の尽力に、自然と頭が下がる。

「本当にありがとう。俺も永塚も、いい友だちを持った」

「俺たちがしたことは権力者に頼ったことだけ。んー……まあ何だ、その権力者の信用にたる生徒だってことですよ、俺たちは」

結局は自慢になったが、仁瓶の言葉に誰も異を唱えない。

「本当にありがとう。これからもし、みんながピンチに陥《おちい》ったときには、俺と永塚が頑張るからな！」

「ああ、そのときは助けてもらうよ」

邑野がしっかりと頷いた。仁瓶と初瀬倉は証人となった。


天気がいいのは、生徒たちの日頃の行いがいいからだろう。そういうことにしておこう。

城誠祭開始の花火が空に上がり、音を弾かせている。

城誠祭と書かれた看板の横には、等身大の瑞原のパネルがあって「ようこそいらっしゃいませ」の吹き出しがあった。

本人は泣いていやがったのが、生徒会が強行突破をしたためこうなった。

喜んだのは女性客たちで、「瑞原君のパネルがある！」と叫んでは、並んで写真を撮った。撮影は大盛況で、昼過ぎまで行列があったという。


来客を待ち受ける三年屋台は、今年は五組の一人勝ちだった。

他クラスの男子は「瑞原出してくんなよ、汚ねえなあ！」と罵り、女子たちはこぞって「後で私も行くからねー！」とはしゃいだ。

五組の屋台はおにぎりで、おにぎり型を使って客の好きな具を入れるシステムだが、おにぎり係が指名できた。

顔写真入りの指名表がでかでかと張り出された直後は、来客の女性たちが暴動を起こしそうになった。

邑野の機転で瑞原用整理券を配り、大事には至らなかった。本当によかった。何と言っても、混雑緩和のために、整理券を一枚二百円の有料にしたのがよかった。

衛生面を考え、全員が三角巾に割烹着《かっぽうぎ》姿（『おにぎり三の五』と印刷されたお揃いのもので、三年最後の「戦い」に望む。

「兄ちゃん！　来たよ！」

「兄さん！」

昼頃、色違いでお揃いのリュックを背負った永塚の弟たちが屋台に向かうと、「可愛い！」「え？　永塚の弟？」「ちっちゃい可愛い」と大人気で、特に女子たちは「お菓子あげるね？お兄ちゃんの同級生だから、知らない人じゃないよ」「美味しいから食べてね？」とバザー用の菓子を山ほどもらい、頬を赤くしてはしゃいだ。

「ほら、もらいっぱなしじゃだめだろ？　ちゃんとお礼を言いなさい」

永塚に言われた弟たちは、女子生徒に「ありがとうございました」とペコリと頭を下げて、またしても「可愛い」と連呼される。

「ほら、兄ちゃんがおにぎりを握ってやったから、ちゃんと座って食えよ？」

「うん」

「もらった小遣いはなくすなよ？」

「大丈夫。兄さんは、僕たちといつ頃一緒に回ってくれるの？　今？」

「今はまだ忙しいんだ。お前の携帯に電話をするから、ちょっとだけ先に見ててくれ。あと、困ったことが起きたときはすぐに連絡しろ。兄ちゃんか瑞原、利休、仁瓶の誰かを呼べ」

「うん、わかったよ兄さん」

「迷子になるなよ？　ちゃんと手を繋いでな？」

「兄ちゃんは心配性だ！」

「じゃあ僕たち、先に中に入って見学してくるね」

「おう、行ってこい」

人混みの中、二人の弟を見送ってから屋台に戻ると、なぜかいきなり女子に囲まれた。

「永塚って三人兄弟なの？」

「お兄さんしてたの恰好よかったよ！」

「もっと怖いかと思ってたのに……意外！　家族に優しい人っていいよねー」

などなど褒め称えてくるので、永塚は落ち着かなくなって目線で瑞原に助けを求めた。

「ごめーん、ちょっとだけ早いんだけど、俺たちと交代してくれるかな？　あと、今すぐおにぎりが食べたいから、三人を指名してもいい？」

「え？　瑞原が？　私たちを指名？」

「やった！」

「瑞原に指名されちゃったよー！」

ナイスだ瑞原。

永塚は心の中で瑞原に親指を立てる。

「じゃあね、具は梅しそと高菜たくあんと胡麻昆布で！」

女子たちは「はーい！」とはしゃいで、すぐに持ち場へ戻った。

「助かったわ、瑞原サンキュ」

「俺は嫉妬《しっと》で女子を呪い殺しそうになったけど」

「思うだけにしとけ。妄想は得意だろ?」

「まあね」

三角巾と割烹着を脱いでハンガーに掛け、カーディガンを羽織っておにぎりを待つ。

「弟ちゃんたちを案内し終わったらさ、どこかに隠れていやらしいことしよう?」

「明日ラブホに行くのに? 我慢しろよ」

「できないよ。俺、毎日永塚にキスしたいし、ちんこ弄りたいし、銜えたいし、尻だっていっぱい悪戯したい」

囁き声でも、この場で言うことじゃない。どこで誰が聞いているかわからないのだ。

「俺もそうだけど、ここで言うなよ。人がいるのにキスしたくなる」

瑞原は「またそれだ」と言って、両手で顔を覆った。「小悪魔酷い」と言っているが、永塚には意味がわからない。

「あれー、もしかして瑞原君? うちのたっくん知らない?」

屋台テントの横から声を掛けてきた、他校の制服を着た美少女は舞ちゃんだった。

「あ、舞ちゃん。仁瓶ね、今おにぎり屋のプラカードを持って校門のところで客引きしてるんだけど……会わなかった?」

「あれ? じゃあすれ違ったかも。ここで待っててていい? 一緒にミスコンを見に行く予定なんだ。私、明理ちゃんに投票したから！　明理ちゃんが三冠を達成する瞬間を見たいの」

　誰も何も言わないが、初瀬倉のミスコン三冠は決定だろう。

「そっか。じゃあ、舞ちゃんを一人にしておくわけにもいかないから、仁瓶が来るまで待ってようか？」

「おう、それでいいぞ」

　大きめの黒カーディガンの袖を折りながら頷くと、舞ちゃんがいきなり耳元に「おめでとうね、永塚くん」と囁いた。

「あ、ああ！　うん！　仁瓶から？」

「うん。たっくんと瑞原君から。よかったねー。今度みんなで遊園地デートしようよ」

「いいなそれ。仁瓶に言っといて…………じゃねえや、本人が来たわ」

　プラカードを肩に載せた仁瓶は、彼女の姿を見つけて全速力で走ってくる。

「舞ちゃん、電話くれよ。迎えに行ったのに！」

「へーキへーキ。瑞原君と永塚君が一緒にいてくれたから」

「そうか、ありがとな二人とも」

　背後では男子たちが「瑞原じゃなくて仁瓶の彼女か」「可愛いなあ」「彼女持ち爆ぜろ」などと、羨望《せんぼう》と嫉妬の眼差《まなざ》しで仁瓶を見ている。

「じゃあ俺たちもそろそろ行こうか。おにぎりももらったことだし」

瑞原が大げさに永塚の腕に自分の腕を絡め、「これからデートだから！」と笑った。するとと今度は「ホモでもカップルだから爆ぜろ」「これだからイケメンは」「いやならいやって言えよ永塚」などと、笑い声とともに生ぬるい声援を浴びる。

何も知らない連中だから、ベタベタしても冗談で済ましてくれるのが嬉しい。

永塚は「お前らうるせえよ」とクラスメイトに笑い、瑞原は仁瓶に「じゃあな」と手を振って屋台から離れた。

校内の所々に瑞原のパネルが飾ってあって、女子たちが写真を撮っている。

「なあ、面白そうだから俺も撮ってくれ」

永塚は瑞原のパネルの横で、真顔でVサインをした。すると通りすがりの後輩が、「永塚さん、面白すぎます！」と笑った。

「えー、やだよ俺」

「じゃあ、ほら、お前、俺の横に立って、瑞原サンドな？」

永塚は後輩に携帯電話を渡し、瑞原が「いやだ」と逃げる前に写真を撮ってもらった。

「面白いから、後でみんなに回そう」

「実物がここにいるのに、そういうことをするなっての」

「それはそれ、これはこれ……」

余裕で笑っていたが、弟たちと再会して頰が引きつった。

「兄ちゃん！　凄いね！　うさぎ耳つけて空を飛んでる！」

「これ、写真を撮ってもいいみたいだから、お父さんとお母さんも見せていい？」

ほんわかな会話に、周りもつい微笑んでしまう。

写真部の撮った仮装三年の写真から、本に載らないものがパネル展示されているようで、他の部のものも廊下にずらりと飾られている。

「待て待て待て、これは、兄ちゃんがやりたくてした恰好じゃないからな？　それをちゃんとお父さんとお母さんに伝えてくれるなら、撮ってもいい」

周りからクスクスと笑う声が聞こえてくるが、可愛い弟たちを前にしたら、兄という生き物はみんなこうなるんだと心の中で弁解する。

「涼司君の写真もあったよ。恰好よかった！」

「ほんと？　ありがとう」

瑞原がはしゃぐ末っ子を片手でひょいと抱き上げる姿は、女子的にたまらないところがあったのか、「片手で子供抱っこ」「将来素敵なパパ」「私が代わりたい」とざわついた。

さすがに子供ごと写真に収めようという者はおらず、その点は永塚は安堵する。大事な弟の写真をSNSで拡散されたくない。

「はい、じゃあ、みんなで一緒に見て回ろうか？」

「うん、兄さん」

永塚は次男の手を握り、ゆっくりと廊下を歩いて仮装三年を堪能する。

煌《きら》びやかなのはバスケ部とバレー部で、来客たちが笑うのは野球部の写真だった。永塚と瑞原も思わず笑った。

あいつらよく考えたわ……と、ずらりと並ぶナース姿の野球部員たちを見て感心する。

吹奏楽部は赤穂浪士《あこうろうし》で、茶道部は新撰組の恰好をしていた。楽しそうだ。どうせなら着物が着たかったなと思ったが、部活の思い出にウサギ耳をつけて空を跳ぶことは滅多《めった》にないだろうから、よしとする。

弟たちは口を開けて驚き、笑い、瑞原からもらったおにぎりを頰張りながら体育館に向かった。今日はこれから、ミス城誠の発表がある。

「今年はミスターがないのか」「急遽《きゅうきょ》取りやめになったみたい」「残念ねー」と声が聞こえてくるが、永塚の脳裏には前期の生徒会長、つまり初瀬倉の彼氏である邑野の姿が過《よぎ》った。

「邑野が悪いコトした予感がする」

瑞原も同じことを思ったようで、永塚を見てニヤリと笑う。

「もう結構人が入ってるな」

弟たちとはぐれないように、ぴったりとくっついて見えやすい場所に移動する。

「ちょっと、見づらいね」

次男坊はまだ背が低く、背伸びをしても見えるのは人の背中だ。なので永塚は、弟をひょいと抱っこしてやった。まだ軽くて小さいからできることで、きっと一年後には無理だろう。

「うわっ！　ありがとう兄さん！」

「気にすんな。瑞原はそのまま末っ子を抱っこな？」

「はい了解」

今まで環境音楽だったBGMが、いきなりノリのいいアイドル歌謡曲になった。

司会の、ノリのいい生徒会副会長が出てきた。

ミス候補の女子が五人、ずらりと並ぶ。

初瀬倉だけは前年度のミスなので王冠を被っていた。

制服に王冠とは如何《いかが》なものかと思ってしまうが、彼女なら何でも似合ってしまうから不思議だった。

この中から、今年のミスと準ミス、来客人気賞の三人が選出される。メンツを見ると今年は激戦だったのが窺える。どの女子生徒も可愛いのだ。

だが、瑞原の腕に抱っこされた弟が「兄ちゃん、明理ちゃんが一番綺麗だね」と言うように、永塚も初瀬倉が一番だと思った。

そして、盛大なファンファーレと拍手と歓声の中で、初瀬倉が三冠を達成した。しかも花束を持って現れたのが邑野だ。誰が仕組んだと思われても仕方がないが、邑野の登場で、照れて頰を染める初瀬倉は可愛らしくて、ミスに相応《ふさわ》しかった。

会場は「クールビューティーが照れると可愛いなあ」と、ギャップ萌えに目覚めた者たちの会話で満ち溢れた。


「じゃあ、仲良く帰るんだぞ？　知らない人にはついていかないこと。いいな？」

永塚の弟たちのリュックは、頂き物の菓子でパンパンに膨らんでいた。手にはクレープやチュロスを握っている。これは三年生の屋台でもらった物だ。

「うん。兄ちゃんの友だちにもお菓子ありがとうって言ってね？」

「兄さんは、帰りは遅いんだっけ？」

永塚は末っ子の頭をぐりぐり撫でながら「ああ、後片づけもあるからな」と言う。

「気を付けてね」

瑞原も笑顔で手を振った。

宝ものをいっぱい抱えて帰宅した弟たちに、両親はきっと「楽しんできたね」と言って笑うだろう。

今日がいい思い出になるといいな。

そう思ってほのぼのしていたら、瑞原が「キスしたい」と囁いた。

「お前な」

「一時間、いや三十分でもいいから、永塚とイチャイチャしたい」

「我慢も覚えた方がいいと思うけど」

「我慢無理。できない。保健室行こう」

保健室と言われて、ちょっといやなことを思い出した。

あのとき以来、海老沢は体調が悪いということらしく、ずっと学校を休んでいる。

「いいことを教えようか？」

「何だよ」

「あの甲殻類、学校をやめるんだって。遠縁の牧場に勤めるって聞いたよ」

「は？　マジか？」

「うん。俺たちに見つかって、もうごまかせないからって改心したって話。おしまい」

「そっか、いい話だ。あと俺も、ホッとした」

瑞原が話をそれで終わらせたいなら、深くは聞かないことにした。

「だから保健室」

「でも、何となくいやだ」

「じゃあどこならいいの？」

人混みの中を歩きながら、瑞原が頬を膨らませる。なのに「瑞原くーん」と声を掛けられるとすぐに笑顔が出てくる現金さ。少しぐらい意地の悪いことを言ってもいいだろう。

「無理して考えなくてもいいぞ。屋台に戻ろうか？」

「いや、考えるから待って」

「あんまり遅いと、きっと仁瓶が探しに来る」

「こっち」

瑞原に手を引かれて校内に戻る。

またまだ盛り上がりを見せている城誠祭の中を、まったく違う目的で歩いているのが、ちょっと興奮する。

どこへ行くんだろうと思いながら腕を引かれていたが、瑞原が階段を駆け上がって三年フロアに向かったので首を傾げた。ここは廊下展示と文化部に貸し出しで、こっそり隠れる場所などない。

「おい」

「こっち」

「図書室」にでも行くのかと思ったが、今日は閉まっている。どうするつもりなんだと思ったら、その手前のトイレに入った。

「ここ、あまり人の出入りがないから」

「ちょ、おい、トイレかよ」

「本番は明日だから大丈夫！」

そういう問題か、このバカ野郎！

……とは言いつつも、永塚は実は期待していた。

一番奥のトイレに入り、瑞原が後ろ手でドアに鍵を掛けるのを見ながら、彼にキスをする。キスの合間に「こんなところでするのかよ」と囁いて興奮した。

「そうだよ。ねえ、下だけ脱いで。俺、永塚のちんこ銜えたい」

「声が出る」

「気持ちよくしてあげるから、声は我慢して」

噛みつくようにキスをして舌を出して舐め合ってから、永塚はスラックスと下着を脱いで、ドアに備えつけのフックに引っかけた。

大きめのカーディガンが足の付け根まであって、まるでサイズの合わないニットワンピースを着ているように見える。

「エロくて可愛い。ね、たくし上げて、おっぱいまで全部見せて」

瑞原は蓋をした便器の上に腰を下ろし、永塚をドアに押しつける。

「お前の言い方の方がエロいんだって……っ」

それでも素直にカーディガンとシャツをたくし上げて、あられもない姿を見せた。

じっと見つめられるだけで、乳首に甘い痺《しび》れが走ってツンと勃ち上がるのがわかった。陰茎ももう、支えがいらないほど勃起している。

妄想ではなく現実だからこそ、すぐに興奮してしまう。

「もうぷるぷるしてる。凄く可愛い。こっちも、小さくて可愛いおっぱい。強く吸って揉んでたら、Bカップぐらいになるかな？」

囁きながら大きな両手で筋肉質の胸を揉まれ、乳首を乳輪ごと強く吸われて膝から力が抜けていく。

「そんな大きく、なんねえって。は、んっ、んんっ」

チュウチュウと音を立てて乳首を吸われるたびに、鈴口から先走りが溢れてとろりと流れ落ちる。その恥ずかしい姿も見られて、また感じてる。

「俺さ、もう妄想じゃだめなんだ。本物の永塚を知ったから。だからもう、オナニーできない。本物の永塚じゃないと感じない」

「お、俺も。本物の瑞原じゃないと、俺、何もできない。オナニーしても、感じない」

「重いと思うけど、俺と一生一緒にいてよ、ねえ永塚」

「うん。一緒にいる。だからさ、なあ、俺のこと……陽登って呼んでくれ。二人きりのときでいいから、陽登って」

瑞原が嬉しそうに目を細めて、「うん。俺のことは涼司って読んで。ね？」と言って、ふっくらと膨らんだ乳輪の先で勃起している乳首を舌先でくすぐってくる。

じれったくて泣きそうな快感に、腰が揺れた。

「あっ、それっ、先っぽ弄るのっ、いやだってっ、涼司っ、もっと強く吸ってっ、そしたら俺、乳首でイケそうっ」

「だめ。まだ我慢して。最後に素股しながら乳首弄ってイカせてあげるから。今は、俺、ここを弄りたい。足、少し広げて」

瑞原はスラックスのポケットからコンドームを取り出すと、封を切って右手の指にはめる。コンドームに包まれた人差し指と中指は、永塚の陰茎から先張りをたっぷりと掬い取り、後孔に押し当てられた。

「あれ？　ここ、柔らかいんだけど。もしかして永塚は、今日も俺に弄られると思って、もう自分で準備してきたの？」

「ああ。中を洗うだけじゃだめだし、指を何本入れればいいかわからなかったから、細い制汗剤をコンドームに入れて、ローション垂らして、尻の中に入れて出し入れしてた。その、昨日の夜と、今朝も。本当ならちんこ型のオモチャとかがいいんだろうけど、俺、それはさすがに持ってねえし、だからって、瑞原に」

「涼司」

「涼司に尻の準備なんてやっぱ、させたくねえし……だから自分で弄った。お前じゃねえから気持ちよくなかった」

瑞原が左手で顔を覆って、「俺の小悪魔め」と掠れ声で言った。ここに悪魔などいないぞ。

「本番は明日に取っておくって決めてるからね。今もの凄く心は揺らいだけど、初めてのセックスがトイレだなんていやだから」

「おう。お前に任せる」

「そうして」

まだローションが中に残っていたのか、瑞原の指を銜え込むときにくちゅっと嫌らしい音が響いた。

「んっ、んん、んぅっ」

二本の指で後孔を悪戯されながら陰茎は舌で嬲られる。

瑞原は時折上目遣いで、涙目で喘ぐ永塚を見ていた。

「俺に弄られて気持ちいい？」

「んっ、気持ちいいっ、涼司っ、いいっ、すげえ気持ちいいっ」

「ああちくしょう、早く俺のちんこ突っ込みたい」

「もっ、いいからっ、早くこいよっ、指より太いの、寄越せよっ」

快感で勝手に腰が揺れる。瑞原の指の動きに合わせて、永塚は「入れてくれよ」と言いながら腰を前後に揺らす。

「悪い子だな。せっかく俺が我慢してるのに」

「あっ」

いきなり体をひっくり返されて、ドアに体を押しつけられる。腰を持ち上げられて、さっきまで指が入っていた後孔に、熱い肉塊がぴたりと押しつけられた。

「あっあっあっ、涼司のちんこ、熱いっ、なあ、俺の中に入るんだろ？　入れてくれよ。もっ、あっ、入れて、頼むからっ」

「だめ」

何度も軽く後孔を押され、そのたびに永塚は「入れてくれ」と懇願したのに、瑞原は背後から会陰《えいん》と陰嚢を責めた。

太腿をぴったりと閉じたままで、股の間を先走りで汚される。

「ひぐっ、はっ、うぅぅっ」

「意地、悪いっ」

涙で潤んだ目で睨みつけても効果はないだろうが、何もしないよりはましだ。

けれど瑞原はすっと目を細めて、「その顔、凄く可愛い」と囁いて耳の中に舌を差し込んでくる。

永塚はドアを乱暴に叩き、体を震わせて声を堪えた。耳たぶを噛まれ、しゃぶられ、中を舌でくすぐられ、同時に陰茎で会陰と陰嚢を擦られる。快感の拷問だ。初めて耳を責められ

て、永塚はぼろぼろと涙を流しながら「だめ」をくり返した。

「耳って気持ちいいんだよ。覚えて」

「おっ、覚えるっ、からっ、も、俺っ、死ぬっ」

膝がガクガクと笑い、瑞原が腰を摑んでくれていなければ崩れ落ちてしまう。

瑞原は永塚の体を乱暴に揺さぶって勢いよく陰茎を引き抜くと、永塚の尻に射精した。

「はっ、あ、あっ……」

「ごめんね。今、陽登も気持ちよくしてあげる」

優しい声とともに右手が前に伸びてきて、放置されていた永塚の陰茎を扱き出した。

「漏らしたみたいにとろとろになってる」

「ひゃっ、ああっ」

耳に息を吹き込まれた刺激で、永塚は呆気《あっけ》なく射精する。けれどまだ、瑞原の唇は止まらない。

「こんなに感じてくれて凄く嬉しい。俺、明日が楽しみでたまんないよ。陽登大好き。ほんと、凄い好き」

「お、俺も。早くセックスしてえ」

「おいこらお前ら、学校で何やってんだよ。早く屋台に戻ってこい。残ったご飯でおにぎりセールをやる。特に瑞原。お前は稼ぎ頭なんだからな！」

仁瓶の声だった。

きっとあちらこちら探してくれたのだろう。なぜなら、二人とも今携帯電話を持っていないのだ。

「俺もう行くからなっ！　さっさと戻ってこい！」

それで怒鳴り声は終わった。

「俺の変な声を聞かれた……」

永塚は穴があったら入りたいと思ったが、途中で、穴に入るのは俺ではなく……と思ったところで、自分の混乱具合に気づく。

「平気だよ。俺たちは恋人同士なんだから」

「そういう問題ではなく。……着替え……」

「陽登はゆっくりおいでよ。ね？　今俺が、ここを全部綺麗にしてあげるから」

「ん。マジ疲れた。眠い」

「ごめん。俺だけスッキリしちゃった？」

「……あんな気持ちいいの初めてで、怖かった」

「俺は今、自分の本能と戦っています。二回戦に突入したいけど、これ以上はだめだと理性が言ってる。必死に我慢する」

瑞原はそう言って何度か深呼吸する。

「明日のお楽しみだな。悪いけどトイレットペーパー取って。お前の精液、尻の間に流れてきた」

瑞原はその場で上を向き、「小悪魔ちゃんが可愛すぎてツライ」と呟いた。


体育館の催《もよお》しも盛況だったようだ。

三年生たちの渾身の屋台も、セールであらかた売りきったあとは、「お疲れ様ー」とクラス関係なく行き来し、お互いの屋台の食べ物を交換して回った。

クラス担任たちも「うちの屋台自慢」をしつつ、残り物を喜んで食べる。

陸上部の後輩が「どうぞ」と持ってきてくれたペットボトルの飲み物は、疲れ果てたみなの喉を潤した。

「……六組のお汁粉《しるこ》が、意外と旨いな」

「一組のクレープも旨いよ。全部入れでお願いしたらこのボリューム」

「三組のチュロスも旨い」

仁瓶と初瀬倉、邑野が感想を述べる横で、永塚は無言でおにぎりとフランクフルトを交互に頑張っていた。物凄い勢いでおにぎりを食べていく。

「瑞原、お前さ、永塚に飯も食わせずに何してたんだよ」

一生懸命永塚のためにおにぎりを用意していた瑞原に、仁瓶が低い声で突っ込みを入れる。

「俺たち、昼まで交代なしで働いてたんですけど？　セールでも頑張ったよな？　俺がどんだけ笑顔でおにぎり型を使ってたか、見てたくせに！　あと、永塚はちゃんと腹にカップケーキを三つ入れました！」

キーキー言い返す瑞原を見て、永塚は「静かにしろ」と言って、最後のおにぎりを頬張った。

「あっ！　瑞原せんぱーい！　ちょっといいですかー？」

二年生のリボンタイをつけた女子が数名、可愛い紙バッグを持って現れた。

「え？」

「あの、ちょっと……向こうに来てほしいんですけど……」

「あっ！　待ってください！　瑞原先輩！　あの！」

今度は一年生のリボンタイの集団だ。

俺の恋人は本当に女子にモテるんだな。嬉しいけど、ちょっと、いや、かなり、見てて嬉しいもんじゃない。

おにぎりを食べ終えた永塚の眉間に皺が寄る。

仲間たちは「どうするんだ」と静観し、クラスメイトたちは「告白かー？」「イケメン爆ぜろ」と楽しそうに野次を飛ばす。

いつもの瑞原なら、笑顔で「うん、話は聞くね」と言って女子の集団と離れていくのだが、今日は違った。

「ごめんね。俺、凄く好きな人がいるんだ。だからもう他の子の告白は聞けない。聞いてもごめんなさいしか言えないのわかってるから。だからもう俺に告白はしないでください。本当に、心から好きな人がいるんだ。俺はその人のために生きていくって決めてるから」

雑談で騒がしかった屋台裏が、しんと静まり返った。

瑞原は真剣な顔で女子たちを見て、再び「ごめんなさい」と頭を下げる。

「だめ元だとわかってても、聞いてもらえないんですか？」

「うん。ごめんね」

「その、好きな人とは、お付き合いしてるんですか？　先輩の片思いなの？」

「少し前まではね、片思いだったんだ。でも今は違う。俺の大事な人になってくれた」

そう言ってふわりと微笑む瑞原は、今までのどの笑顔よりも綺麗で優しくて、見ていて心に染み込むものだった。

「……だったら、仕方ないです。諦めます。正直に言ってくれてありがとうございました。あとこれ、持って帰っても恥ずかしいので、三年のみなさんで食べてください」

二年女子の集団は、その場に紙バッグを置いて、潔《いさぎよ》くその場を立ち去る。けれど何人かが一生懸命顔を擦っているのがわかった。

一年生の女子はすでに泣いていて、「お、おしあわしぇにぃ」と噛みまくり、それでも「みなしゃんでぇ」と菓子の包みを置いて、泣きながら手を繋いで帰っていった。

「イケメンが、男前すぎるわ。見直したわ」

仁瓶は力を入れて瑞原の背中を叩く。

「俺はお前の本気がわかって安心した」

邑野は瑞原の肩をポンと軽く叩いた。

「私は結構ジンときた。こんなこと言われたら泣くわ。瑞原の『彼女』は幸せね」

まったくだ。幸せだ。幸せすぎて、実は今なら死んでもいいとまで思ってる。

永塚は泣きそうになるのを堪えて、下唇を噛んだ。

「瑞原！　恰好いいな！」

「いつもヘラヘラしてるだけのイケメンじゃないんだな！　見直した！」

「ほんとにねー」

クラスメイトたちの声に、瑞原は「俺の評価ってどんだけ低かったんだよ」と突っ込みを入れる。

だがみんな「うそうそ。お前がいろいろ頑張ってたの知ってるよ」と笑った。

そうだ知ってる。女子を泣かせないように気を遣ってるところとか、場の空気が悪いと盛り上げてくれるとか、いつもニコニコしてて意外と癒されるとか、お前はほんと、俺には勿体ないくらいのいい男だ。でも、もう俺のだから。妄想じゃない。実際、俺のものだから。誰にもやらない。

心の中でそっと呟いて、顔を上げる。

「永塚、俺って恰好いいよね？」

「ははっ、自分でよく言うよ」

二人きりになったときに、いくらでも言ってやるよ。お前は恰好いいって。最高の恋人だって。現実の、俺の恋人。

「酷いよ！　もう！」

騒ぐ瑞原に、クラス委員が「静かにして！　ほらほら、そろそろ片づけるよ！」と笑いながら手を叩いた。

三年五組のおにぎり屋台は、散々文句を言われながらも、売り上げ暫定一位だった。明日には正式な一位発表があるだろう。まだみんな、小銭を数えきれていないのだ。担任はホクホク顔で「お前ら最高だ」と褒め称え、後日、ささやかな打ち上げが約束された。

会場内に飾ってあった瑞原のパネルは、すべて無料でもらわれていったが、その際に行われたジャンケン大会は、阿鼻叫喚《あびきようかん》の地獄絵図だったという。司会は勝者全員に「帰りは気を付けて帰ってください」と言うことを決して忘れなかった。

そして、写真部が校内に飾った仮装三年のパネルも、すべて売約済みになって、部費を潤すことになるそうだ。

何やかんやで他のクラスを手伝いながら片づけを終えたら、もう夜の八時を回っていた。それでもみな心地よい疲れに笑顔を浮かべて「じゃ、明日はゆっくり休んで！」と手を振って別れていく。

「きっと明日のうちに、瑞原の彼女の件は近隣の女子に伝わってるだろうな」

仁瓶は舞ちゃんに「今日は来てくれてありがとう」とメッセージを打ちながらそう言った。

「でしょうね。彼女が誰だって言われたらどうするの？　探られそう」

「え？　もう遠距離恋愛ってことにしておくから大丈夫。とにかく俺は、永塚に迷惑がかからないようにしたいから」

真顔で初瀬倉に答える瑞原に、邑野が「男前度が上がったな」と褒める。

「そうだな俺の彼氏は恰好いい」

素直に褒める永塚に、友人たちは「ざわ……」と足を止めた。

「永塚って、恋人ができるとこういうタイプになるのか……」

仁瓶は感心して、首を傾げている永塚を見た。

「意外と可愛いんだな。ゲイ受けしそう」

「やめてくれ利休。……永塚は、男なら誰でもいいわけじゃないよな？」

「おう。安心しろ。俺が好きなのは瑞原だけで、この先何があっても瑞原のちんこしか銜えたいと思わねえから」

初瀬倉は「キャー！」と黄色い悲鳴を上げてなぜか喜び、邑野は「こういう素直さは、危険だと思うぞ、永塚」と真顔で説教し、仁瓶は「お前がエロいことをするから、永塚がクールな淫乱になった。ちゃんと責任を取れよ？」と瑞原に詰め寄る。

瑞原はキラキラと笑顔で「当然だ！」と胸を張った。

なのに永塚は「明日ラブホで、俺は処女喪失してくる予定」とつい浮かれて言ってしまい、再び友人たちを悶絶《もんぜつ》させた。


余談だが、平日ラブホを終日楽しんだ瑞原と永塚だったが、永塚は翌日も学校を休んで寝込んだ。初めてのセックスが気持ちよすぎて熱が出たのだ。

妄想は現実には及ばないことを身をもって知ることができて、嬉しかった。

今はもう妄想する暇もない。

それよりもっと凄いことをしてるから。

あとがき

はじめまして&こんちには、高月まつりです。

今回は異世界でもモフモフでもなく、現実ベースといいますか、甘酸っぱい青春のお話となりました。

久しぶりの高校生はとても楽しかったです。新鮮でした。

頭の中は妄想でいっぱいですが、この妄想を考えるのがとても楽しかったです。ただ、もっと弾けた妄想でもいいかなと、書いたあとに思いました。

リア充の中のオンリーワンゲイがとっても好きで、今回も、主役の友人たちはリア充していいます。

主役の二人は外見は「高校生」って感じなのに頭の中がカオスというか、妄想でいっぱいなのが楽しかったです。でもそんなもんですよね〜。

作中の仮装は趣味です。

趣味楽しかった！　ファンタジー軍服とか、書きながら「ファンタジー軍服って何だよ」と自分に突っ込みを入れながら書いてました。それを着こなしている涼司が凄いです。

涼司は私の大好きな美形攻めで、とにかく外見は王子様っぽくて、でも受けが大好きでたまんないって感じに書けて嬉しいです。今回は受けの陽登、涼司が大好きすぎてヤバイこと考えてますが（笑）。

イラストを描いてくださった兼守美行さん、本当にありがとうございました！　涼司と陽登のラフを見た段階で「これヤバイ。素敵すぎる」と呟き、表紙のラフ二点を見たときに「これ、どうにかして両方載せられませんかね…？」と編集さんと二人で悩みました。そして素敵な結果になりました。本当にありがとうございました！（涼司のファンタジー軍服と陽登のウサギさんが最高で、しばらくニヤニヤとだらしない顔で微笑みました）

では、次回作でお会いできれば幸いです。

本作品は書き下ろしです

髙月まつり先生、兼守美行先生へのお便り、
本作品に関するご意見、ご感想などは
〒101-8405
東京都千代田区三崎町2-18-11
二見書房　シャレード文庫
「妄想男子のイケナイ愉しみ」係まで。

CHARADE BUNKO

妄想男子《もうそうだんし》のイケナイ愉《たの》しみ

【著者】髙月《こうづき》まつり

【発行所】株式会社二見書房
東京都千代田区三崎町2-18-11
電話　03(3515)2311[営業]
　　　03(3515)2314[編集]
振替　00170-4-2639
【印刷】株式会社 堀内印刷所
【製本】株式会社 村上製本所

落丁・乱丁本はお取り替えいたします。
定価は、カバーに表示してあります。

©Matsuri Kouduki 2016,Printed In Japan
ISBN978-4-576-16146-4

http://charade.futami.co.jp/

CHARADE BUNKO

スタイリッシュ&スウィートな男たちの恋満載

高月まつりの本

俺が先生のこと好きになったらどうすんだよ

背中合わせに恋してる

イラスト＝明神 翼

装丁家を目指す勇生は、イケメン売れっ子作家の皆沢の家に住み込みで働くことに。しかし、彼から同性に恋をしているという思わぬ恋愛相談を受ける。悩む皆沢に親身に相談にのる勇生だったが、寝ぼけてファーストキスを奪われたり、デートの予行演習で手をつないだり、果ては敏感な乳首を弄られて…。